中公文庫

陽炎時雨 幻の剣

歯のない男

鈴木英治

中央公論新社

目次

陽炎時雨　幻の剣

歯のない男

第一章

一

仰向けに横たわる男の死骸《しがい》を、和倉信兵衛《わくらしんべえ》は腰をかがめてじっと見た。仏は、かっと口を開けている。

「確かに歯がすべて抜かれているな」

信兵衛の背後に立った善造《ぜんぞう》が、薄気味悪そうに死骸を見つめる。

「口の中が真っ赤ですね。まさか生きながら抜かれたなんてことはないですかね」

「さて、どうかな」

背筋を伸ばして手をこまねき、信兵衛は首をひねった。

「命を奪ったのは、この胸の傷だろう」

腕組みを解き、信兵衛は死骸の胸を指さした。藍色《あいいろ》の小袖《こそで》が二つに裂かれ、そこからわずかに盛り上がった傷口がのぞいている。

「ええ」

「この傷は、匕首《あいくち》のような物でやられたものだ。俺には、心の臓を一突きにしたように見える。ほとんど痛みを感ずることなく、この仏はあの世に旅立ったはずだ。歯は、そのあとで抜かれたにちがいあるまい」

「そいつは、不幸中の幸いというべきなんですかねえ。少なくとも、この仏さんはひどい苦しみを味わわずにすんだんですね」

自分がそんな目に遭ったかのように、善造がぶるりと身を震わせる。

「歯を抜くのは、昔から拷問として使われているらしい。これが仮に拷問だとすると、下手人はなにかを吐かせたくてやったのか。吐かせたあと、用済みとばかりに殺したということも考えられぬではない。とにかく、西厳《さいげん》先生の検死をまたねばならぬ」

「先生、遅いですね。急患でも入ったかな」

野次馬たちが体を寄せ合ってわいわい騒いでいる路地の入《はい》り口に顔を向けて、善造がつぶやく。

「別の理由かもしれぬぞ」

「またですかい」

「仕事をしっかりやってもらえれば、なんであろうとかまわぬ」

「旦那のいう通りなんでしょうけど……」

あきれたような顔をしている善造から目を外し、信兵衛は再び死骸を見やった。

「身元はわかっているのか」

「いえ、まだみたいです」

そうか、と信兵衛はいった。

「殺されたのは深夜だろうな。ずいぶんかたくなっているようだ」

検死が終わるまでは死骸に触れたり、動かしたりしてはならないという決まりが厳《げん》としてある。

信兵衛は死骸のまわりに目をやった。

「提灯《ちょうちん》の燃えかすがないな」

「仏の提灯ですね。ええ、どこにも見当たらないですね。下手人《げしゅにん》が持ち去ったんですかね」

「下手人に、提灯を持ち帰る理由があるとは思えぬ。仏は、はなから持っていなかったのではないか」

「えっ、提灯を持たずに夜道を行くのは、法度《はっと》ですぜ」

「法度など気にせぬ者なのかもしれぬ。――この仏、歳《とし》はいくつくらいだ」

歯が抜かれているせいで顔形は変わっているが、彫りが深く、鼻が高いのは十分にわかる。生きているときは、娘たちにさぞ騒がれたのではあるまいか。

「さいですね。旦那と同じくらいじゃありませんかい」

「おめえは俺の歳を知っているのか」

「旦那こそ、あっしの歳をご存じですかい。あっしは旦那より二つ下ですぜ」

「四つだ。おめえは二十三、俺は二十七だ」

「旦那は存外に物覚えがいいですねえ。花形の定廻《じょうまわ》り同心だってことをのけても、娘っ子にもてもてなのは当たり前ってことですねえ」

「存外に、ってのは余計だ。――この仏は、三十半ばって見当だろう」

「そんなにいってますかい。それにしても、そんな歳で死んじまうなんて、二十歳《はたち》の頃には思いもしなかったでしょうねえ」

「昨日だって考えなかっただろう」

信兵衛はすっくと立ち上がった。

「この仏、かなり鍛えているな」

「本当ですね。優男《やさおとこ》なのに、二の腕なんか筋骨が隆々としていますよ。人足《にんそく》か駕籠《かご》かきでしょうか」

「大して日焼けしておらぬ。なにか別の理由があって鍛えていたのだろう。ふむ、こいつはなにを着ている」

信兵衛は襟元《えりもと》をじっと見た。藍色の小袖の下に、麻で織られた衣がのぞいている。

「なんか見たことありますね。旦那、この衣の色はなんていうんですかい。土器色《かわらけいろ》ですかい」

「土器色よりも明るい。卵色だろう」

「卵色なんてあるんですかい」

「知らぬか。いま流行《はや》りの色らしいぞ。たまご土を大豆の汁で溶かしたもので染めると、こういう色になるそうだ。仏が着ているのは鈴懸《すずかけ》だな」

「鈴懸って、山伏《やまぶし》がよく着るやつですね。この仏は山伏なんですかね」

「そうかもしれぬが、まだわからぬ。ふむ、履いているのは草履《ぞうり》ではなく、草鞋《わらじ》か」

顔を動かし、信兵衛は善造を見やった。

「仏は誰が見つけた」

「豆腐売りですよ。喜多吉《きたきち》さんといいます」

「そこの男だな」

路地は十間ばかりの長さがあり、一軒家がずらりと軒を連ねているが、信兵衛から三間ほど離れた家の生垣《いけがき》のそばに三十半ばと思える小柄な男が立ち、不安げな表情でこちらを見ていた。

信兵衛が歩み寄ると、喜多吉はよく日焼けした顔と肩をこわばらせた。かたわらに二つの平たい桶《おけ》が置いてある。豆腐は一つも入っていない。

「俺は北町奉行所の和倉という」

名乗って信兵衛はすぐさま問うた。

「喜多吉、ここには行商に来たのだな。よく来るのか」

「このあたりに何軒かお得意さまがいらっしゃいますので。この路地は、行商の帰り道にしばしば使っています」

顔はかたいままだが、落ち着いた声音で喜多吉が答える。

「豆腐を売り切り、家に帰ろうとして仏を見つけたのだな。いつのことだ」

「六つ半頃だと思います」

「仏の顔に見覚えは」

豆腐売りがごくりと喉《のど》を震わせ、ちらりと死骸に目をやる。

「いえ、ありません」

「まちがいないか」

「はい、これまで一度も会ったことはありません」

「喜多吉、住みかは」

「永坂町《ながさかちょう》でございます。井五郎《せいごろう》長屋という裏店《うらだな》に住んでいます」

ここは麻布《あざぶ》の北日《きたひ》ヶ窪町《くぼちょう》である。永坂町は、南日ヶ窪町を挟んで目と鼻の先といっていい。

「よし、わかった。行っていいぞ」

「は、はい、ありがとうございます」

ほっとしたようにいい、喜多吉は深く腰を折って天秤棒《てんびんぼう》を肩に担いだ。紐《ひも》でつないである二つの桶がゆっくりと持ち上がる。

「では、失礼いたします」

桶をほとんど揺らすことなく路地を出てゆく後ろ姿を見送って、信兵衛は死骸のそばに戻った。

「なにゆえ下手人は、すべての歯を抜いたのか。この謎が解ければ、この一件は解決できたも同然かもしれぬ」

「旦那のいう通り、拷問ですかねえ」

「俺の勘では、別の目的があるような気がするが」

そのとき、二人の男が路地に入ってきた。一人は検死医師の西厳で、足元がおぼつかず、よろよろしている。

「遅くなって申し訳ない」

ふらふらと近づいてきた西厳が腰を折る。助手も丁寧に頭を下げたが、いつでも西厳を支えられるように目を配っている。

「ご足労、感謝いたします」

少し前に出て、信兵衛は辞儀した。

「いや、仕事ですからな。お手当もいただけるし」

口を開いた西厳からは酒が香った。うっ、と声に出して善造が顔をしかめる。

それに気づいて西厳が、ふぉっふぉっと頬をふくらませて笑った。

「おっと、においますかな。今朝は急患がありましてな、焼酎《しょうちゅう》を傷口に吹きかけたものですからの」

西厳の右手が小刻みに震えていることに、信兵衛は気づいた。

「でも先生、本当に焼酎なんですかい。あっしには、諸白《もろはく》のにおいにしか思えませんぜ」

「下戸《げこ》の割になかなか鋭いの。だが善造さん、これは諸白ではなくて、片白《かたはく》じゃよ」

諸白は、麹米《こうじまい》と掛米《かけまい》の両方を精白して醸される清酒のことだ。片白は黒麹と精白した掛米を用いてつくられ、上方を主な産地とする諸白に比べたら、安価である。黒麹は焼酎づくりに使われることが多い。

「先生、朝っぱらからお酒を召し上がったんですかい」

「すまぬのう。どうしても我慢できずに、駆けつけ三杯ならぬ起き抜け三杯をしてしまったのじゃ」

「本当に三杯で済んだんですかい」

ふぉっふぉっ、と西厳が再び笑う。

「さて、どうかのう」

「先生、検死をお願いできますか」

二人のあいだに割り込むように信兵衛はいった。

「ああ、さようでしたの」

助手とともに死骸に歩み寄り、信兵衛たちのほうに顔を向けて西厳がしゃがみ込んだ。

それを待っていたかのように雲が切れて斜めに日が射し込み、横たわる死骸に光が当たった。

朝の大気はこの路地だけひんやりしており、ようやく秋がやってきたことを実感させるが、いずれ今日も残暑厳しい日和《ひより》になるのだろう。太陽は夏の盛りのように、東の空でつややかな顔を見せている。

西厳が死者に向かって両手を合わせる。つるつるに頭を丸めていることもあり、僧侶が読経しているように見える。

「ふむ、こいつはひどいの」

検死をはじめた西厳のつぶやきが信兵衛の耳に届く。

首を伸ばした西厳は、まず死者の口の中をじっくりと見た。すでに手の震えは止まり、目に輝きが宿っている。次に西厳は胸の傷を検《あらた》め、さらに死骸を助手にひっくり返させてほかに傷がないか調べた。

「検死をはじめると、まったく別の人になるんだよな」

善造が驚きを込めて独り言を口にする。それは、信兵衛の思いでもある。

じっくりときをかけて死骸を調べた西厳が立ち上がる。再び合掌して、信兵衛に寄ってきた。

「もうお気づきと思うが、仏の命を奪ったのは心の臓への一突きじゃの。凶器はおそらく脇差《わきざし》ではないかの」

「脇差ですか」

「傷の深さが、かなりのものですからの。胸から入って背中に抜けておる。匕首でもやれないことはないが、刃渡りが五寸ほどしかないゆえ、ちと無理があるかの」

凶器が脇差だからといって、武家が下手人とは限らない。多くの町人が道中差などを所持している。

「下手人は、あばら骨をきれいに避けて刃を入れておる。人を殺すことに慣れている者かもしれませんの」

ならば、と信兵衛は思った。殺しを生業《なりわい》とする者の仕業かもしれぬ。

「胸の傷から、おびただしい血が流れ出ておる。ここで殺害されたのは、まずまちがいないでしょうの」

よそで殺され、この路地に運ばれたわけではないのだ。

「仏が殺されたのはいつのことでしょう」

信兵衛にきかれて、西厳がちらりと太陽を見やる。まぶしげに目を細めた。

「今は五つ過ぎですかの。でしたら、昨夜の四つから八つのあいだかの。七つにはなっていないと思いますぞ」

その時刻を信兵衛は頭に叩き込んだ。

「下手人が仏の歯を抜いた道具がなにか、おわかりになりますか」

「歯茎に相当の傷があるゆえ、刃物を用いて抜いたのでしょうな。心の臓を刺した脇差かもしれませんな。口の中の出血がひどいのは、そのためでしょう。むろん殺してから、下手人は歯を抜いたのでしょうな。そうしてからでないと、相手が暴れてしようがないでしょうからの」

「となると、下手人は一人ということになりますか」

「そうとも限らぬが、わしは一人ではないか、とにらんでおりますよ。この仏には、多勢に押さえつけられたような形跡はありませんからの。着物にところどころ土がついておるが、これはおそらく心の臓を刺されて倒れたときに付着したもので、無理に肩を押さえられたりしてついたものではありませんの」

なるほど、と相槌《あいづち》を打って信兵衛は路地を見回した。

「先生は、下手人がなにゆえすべての歯を抜くような真似をしたか、おわかりになりますか」

首を振って西厳が穏やかに笑う。

「さて、それはわしにはわからぬよ。わしのほうが聞きたいくらいじゃ。それを調べ上げるのは、和倉さまのお仕事でしょう」

確かに、と信兵衛は受けた。

「すべての歯を抜かれた仏というのを、ご覧になったことがありますか」

「いや、ありませんの。初めてですよ」

小さくうなずき、信兵衛は新たな問いを発した。

「先ほど心の臓を刺されて倒れたとおっしゃいましたが、下手人は仏と相対して胸に刺したのですか」

信兵衛は、脇差をさっと突き出すような仕草をしてみせた。

「傷の角度からして、おそらくそういうことでしょうの。下手人は仏の正面に立ち、脇差を突き刺したのでしょう」

「そうか、正面から刺したのか……」

顎《あご》に手をやり、信兵衛はつぶやいた。

「和倉さま、ほかにお聞きになりたいことはありますかの」

西厳に穏やかにきかれ、信兵衛は瞬時に告げた。

「いえ、もうありませぬ。もしなにか聞きたいことがあるときは、診療所に寄らせていただきます」

「うむ、そうしていただけると、まことありがたいの」

ではこれにて失礼いたしますぞ、と西厳が助手とともに路地を出てゆく。またもふらふらしはじめている。

「ああ、元に戻っちまった。——旦那、でしたら、仏を殺《や》ったのは顔見知りですかね」

信兵衛の横に遠慮がちに並んで、善造がきいてきた。

「顔見知りゆえ、仏はなんのあらがいも見せることなく殺されたといいたいのか」

「へい、さようです」

ふむ、とうなって信兵衛は再び腕を組んだ。

「善造。昨夜、月はあったか」

「さて、どうでしたかね。——ああ、なかったですね。あっしが九つ過ぎに厠《かわや》に立ったとき、曇っていましたから。晴れていれば、少しふくらんだ弦月が浮かんでいたはずですけど、星の瞬き一つ見えませんでしたよ」

「そうか、月はなかったか。西厳先生によれば、仏が殺されたのは深更だ。互いに顔は見えなかっただろう」

「それにもかかわらず、下手人は正確に心の臓を突き刺しているんですね」

「夜目が利くにちがいあるまい。それは殺られたほうも同じだろう」

「なるほど。だから、仏は提灯を持っていなかったのか」

「あるいは、持ちたくなかったか」

顔を上げ、信兵衛は路地を見回した。

「下手人は、ここで仏を待ち構えていたのだろうな」

「つまり、仏がこの路地を深夜に通ることを知っていたってことですかい。互いに夜目が利く以上、隠れて待っていたんですかね」

「骸《むくろ》の位置からして、その門の下あたりか」

一間ばかり歩いて、信兵衛は屋根つきの門の下をじっと見た。鈍い光を帯びた黒い御影《みかげ》石《いし》が敷き並べてある。

下手人は、と善造がいった。

「そこに身をひそめて、脇差をいつでも引き抜けるよう身構えていたんですかね」

「もしくは、抜き身をすでに手にしていたか」

「脇差を手に下手人は、近づいてきた仏に躍りかかったんですね」

首をひねり、信兵衛は少し考えた。

「善造、そっちから歩いてきてくれぬか。できるだけ早くだ」

「承知しやした」

善造が少し離れたところまで行き、そこからきびすを返して、すたすたと早足で歩いてきた。

門の陰からさっと飛び出し、信兵衛は善造の前に立ちはだかった。善造が驚いたように足を止める。すかさず信兵衛は脇差を突き出す真似をした。うおっ、と善造が声を上げて飛びすさる。

ふむ、と信兵衛は首を縦に動かした。

「いきなり前途をさえぎられても、すぐさま後ろに下がることはできぬか。手練《てだれ》ならば、心の臓を刺し貫くことは十分できそうだ」

「そのようですね」

同意を示して、善造が路地の入り口を見た。

信兵衛も目をやった。野次馬はますます数を増し、横たわる死骸をできるだけ近い場所で見ようと押し合いへし合いしている。それを、六尺棒を手にした町奉行所の中間や小者たちが押し返している。

信兵衛が見たところ、誰もが死骸に惹《ひ》かれた目をしており、信兵衛たちの様子を探るような冷静な瞳を向ける者は一人もいない。

ふむ、それらしい者はおらぬか、と信兵衛は心中でうなずいた。それも当然だろう。人の歯をすべて抜くという残虐な真似を平然としてのける者が、たやすくしっぽをつかませようはずもない。

「旦那、これからどうしますかい」

顔を信兵衛に戻して善造が問う。

「知れたこと――」

厳しい光を瞳に宿し、信兵衛は断じた。

「まずは、この仏の身元を明らかにしなければならぬ」

「わかりやした」

元気な声を出して善造がうなずく。

「だがその前に、この仏の人相書《にんそうがき》を描かなければ」

気を利かせた善造が、腰に差していた矢立《やたて》と筆を信兵衛に差し出してきた。それを受け取り、信兵衛は懐から一枚の紙を取り出した。ひざまずき、死骸の顔を描きはじめた。

商売柄、人相書は必要になることが多い。

「旦那、うまくなりましたよねえ」

横からのぞき込んで、善造が感嘆の声を上げる。

「もちろん筋もいいんでしょうけど、お師匠の教え方もすばらしいんでしょうね」

「うむ、教え方は実に懇切丁寧だ」

筆を止めることなく信兵衛はうなずいた。

以前は事件のたびに絵の達者な先輩同心を頼んでいたのだが、呼んでからその場にやってくるまでのときがあまりにもったいなく思え、自分でも描けるようにと、絵の師匠について習いはじめたのである。

二

痩《や》せてとんがった肩をとんとんと叩いた。

なんだあ、とばかりにこちらを振り向いたやくざ者があっけにとられて大きく口を開く。それだけでひどく酒が香った。

「だ、誰でえ、おめえは」

しぶきのように唾《つば》が飛んできて秋重七緒《あきしげななお》は頭巾《ずきん》の中で、形のよい眉をひそめた。すぐさま拳《こぶし》を固め、一言も発することなくやくざ者を殴りつけた。

がつ、と音が立ち、すさんだ顔が視野から消えてゆく。顎が外れたのか、呆けたような顔になったやくざ者は土間の上に力なく横になり、それきり気を失った。

広いとはいえない店内には、あと三人のやくざ者がいる。

一人は店主の襟首をつかんですごみ、いま一人は店主の女房らしい女に向かってなにやらささやきかけている。最後の一人は小上がりに上がり込み、十五前後の娘を無理に抱き寄せている。

三人とも七緒に背中を向けており、仲間の異変に気づいていない。小上がりに置かれた四つの膳《ぜん》の上には数本の徳利がのり、十本近くがしずくを垂らして畳に転がっている。

顔をそむけ、両手を突っ張って体をやくざ者から引き離そうとしている娘が、土間に横たわった男に気づいて、ひっと喉を鳴らした。

娘が見つめる先になにげなく目をやったやくざ者が、あっ、と声を出す。

「謹三《きんぞう》、どうしたってんだ」

あわてて娘を離し、小上がりを飛び下りたやくざ者に素早く近づいた七緒は、太い首筋に容赦なく手刀を見舞った。びしっ、と小気味よい音が立ち、ぐっ、と息の詰まった声を残してやくざ者が土間に頭から倒れ込む。

「て、てめえ、なっ、なにしやがる」

その光景を目の当たりにしたやくざ者が怒りを全身にみなぎらせる。店主の女房を突き放すや土間に立ち、目をすごませた。

「てめえ、女だな。どうしてこんなことをしやがる」

酒臭い息がまともにかかり、頭巾越しといえども七緒は息を止めたくなった。

「決まっているでしょ。人を脅して食事代を踏み倒すような真似が許せないのよ」

「阿漕《あこぎ》な真似は見過ごせねえってか。だが、いかんせんやり過ぎたぜ。その派手な頭巾、ひんむいてやる。覚悟しなっ」

声を放ち、やくざ者が飛びかかってきた。

伸びてきた右腕をあっさりとかいくぐり、七緒はがら空きの腹に拳を入れた。だらしなく突き出た腹から、ぐにゃりという感触が伝わってきた。

ぐえっ、と潰《つぶ》れた蛙《かえる》のような声が七緒の耳を打つ。呼吸ができなくなったらしく、やくざ者は両膝を土間に突き、大気を求めるように喉をかきむしった。なんとか息が通り、ひとしきりあえいでいたが、七緒が手刀を浴びせると、あっけなく横倒しに転がった。口からよだれを垂らして気絶している。

店主の襟元をつかんでいたやくざ者はすでに土間に立ち、懐から匕首を抜いていた。五寸ばかりの身がぎらりと輝きを帯びる。酒を飲み過ぎたのか、ひどく血走った目に凶悪そうな光を宿して、やくざ者は舌なめずりするように七緒を見つめていた。

「おい、女。ずいぶんなめた真似、してくれるじゃねえか。もちろんそれなりの覚悟があって、してのけたんだろうな」

腰を低くし、いつでも襲いかかれる姿勢を取ったやくざ者が匕首をぎらつかせる。

「あんたに私が刺せるの」

匕首など気にもとめず、七緒は伝法な口調でいった。

「それだけの度胸があるの。あんたたちは一膳飯屋の代を踏み倒すような、しみったれた真似しかできない男でしょ。その匕首だって、ただの飾りに過ぎないでしょうに」

ぺっ、とやくざ者が土間に唾を吐く。

「これが飾り物かどうか、目ん玉ひんむいてよく見やがれ。その派手な頭巾、はいで面を拝んでやる」

店主や女房、娘は意外なことの成り行きに体を寄せ合い、固唾《かたず》をのんで見守っている。

大声で叫び、やくざ者は匕首を振りかざして躍りかかってきた。同時に、酒のにおいも七緒に覆いかぶさってきた。

「覚悟しやがれっ」

いうだけのことはあり、上から風を切って振り下ろされた匕首は手負いの熊のような獰《どう》猛《もう》さを秘め、目にもとまらぬ速さを誇っていた。もし七緒が素人なら、なすすべもなく首をすっぱりやられていたにちがいない。

だが、七緒は匕首がどんな動きをするか瞬時に見切り、わずかに足を運んだだけで悠々と避けた。

空を切ったのが信じられないといいたげに、やくざ者が、むぅ、とうなった。こいつはいったい何者だ、というように目を細め、いぶかしげに七緒を見る。

やくざ者が息を入れ直す。酔っているせいか、ひどく息が荒い。目に、めらめらと燃えるような闘志が宿っている。この女を必ず仕留めてやる、という蛇のような執念深さが感じられた。

「女のくせに、なかなかやるじゃねえか。だが、これでどうだ」

匕首を腰だめにし、やくざ者が猪突《ちょとつ》の勢いで突っ込んできた。横に歩を踏んで七緒はこれもよけたが、やくざ者はその動きを予想していたらしく、すぐさま足を止めて体を敏《びん》捷《しょう》に返し、匕首を払ってきた。

氷のような冷たさをもって匕首はまたも首筋を狙ってきていたが、七緒はそれもしっかりと見極めて、後ろに下がって避けた。匕首は頭巾ぎりぎりをかすめていったが、冷や汗一つ流れることはない。

「ちっ」

匕首を手元に引き戻し、やくざ者が悔しげに顔をゆがめる。

「その程度で、私をなんとかできると思ったの。お笑い草ね」

頭巾の中、涼しい顔で七緒はいった。

「いまいましい女狐《めぎつね》めっ」

深く息をついたやくざ者が再び突進し、匕首ごと体をぶつけようとした。七緒が軽々とかわすと、裾《すそ》をひるがえしたやくざ者は匕首を逆手に握り返し、七緒の肩を刺そうとした。手の甲でやくざ者の腕をはね上げて、切っ先が肩に届くのを七緒は許さなかった。

あきらめを知らぬかのようにやくざ者が膝を折り曲げ、下から匕首を振り上げてくる。

着物もろとも七緒の腹を引き裂いてやろうとの思惑だろうが、七緒はすでにその意図を見抜いていた。飛びすさって簡単に間合いを外した。

匕首は燕《つばめ》のように反転し、七緒の胸をめがけてきた。どうすべきか考える前に体が勝手に動き、七緒は一歩前に出ていた。右手が伸びて、やくざ者の腕をがっちりとつかんだ。匕首の切っ先は、胸まで二寸ばかりを残して止まった。

やくざ者が渾身の力を込め、匕首を七緒の体に突き刺そうとする。酒臭い息が、顔をしかめたくなるほど濃く届く。

「遊びはここまでよ」

宣した七緒はやくざ者の手をつかんだまま、くるりと体をひるがえした。自然に腕をねじ上げられる格好になったやくざ者が、いててて、とだらしなく悲鳴を上げた。匕首が、ぽとりと土間に落ちる。

間髪容れずに七緒はやくざ者のみぞおちに肘打《ひじう》ちを見舞った。同時に、顔にも拳をぶつけた。すぐさまやくざ者から離れ、さっと振り返った。

声もなく、やくざ者が崩れ落ちてゆく。うぷっ、ともどすような声を発したのち、赤子のように背を丸めて横になり、土間の上でぴくりともしなくなった。

これでよし、とばかりに七緒はぱんぱんと手を打ち払った。店主、女房、娘の三人を見やる。

三人ともほっとしている様子だが、どこか不安げでもある。報復を恐れているのだろう。七緒にやられた腹いせに、この手の輩《やから》は、確かにこの店に仕返しの矛先を向けてくるかもしれない。このまま立ち去るつもりだったが、そういうわけにはいかないようだ。

いま倒したばかりの匕首の男が、この男たちの首領格にちがいない。二度とこの店の敷居をまたがぬように、よくよくいい聞かせなければならない。

七緒は歩み寄ろうとしたが、なぜか右足が動かない。見ると、最初に倒したやくざ者が気絶から覚め、七緒の足首を握っていた。

「なにしているのよ」

かまうことなく七緒は左足でやくざ者の顔を思い切り踏みつけた。ぎゃあ、と盛りのついた猫のような叫び声を出してやくざ者が手を放し、再び首を落とした。白目をむいて気を失っている。

匕首の男に活を入れて目を覚まさせた七緒は、背後から顔をのぞき込んだ。血色が悪く、いかにも裏街道を歩いているという面をしている。

——まったく、よくこれだけの悪相になるものね。

心中の声が聞こえたかのように顔を上げ、やくざ者がぎらつく目で七緒を見つめ返す。昂然《こうぜん》と顎を上げているが、かすかに畏怖《いふ》に近い色が瞳に浮いているのを七緒は見逃さなかった。

そう、私の得体が知れず、怖いわけね。

「いい、もしまた同じことをしたら、今度はこんなものでは済まない。わかった。わかったら、返事をなさい」

しかし男はなにも答えず、口を引き結んだままだ。

「あなた、まだ痛い目に遭いたいの」

七緒が強くいうと、不本意そうにやくざ者は顎を引き、小さな声で口にした。

「ああ、わかった。もう二度としない」

「あなたのおっかさんに誓いなさい」

やくざ者がまぶたを伏せる。背中が丸まり、寂しげな感じがわずかに漂い出た。

「おっかあに誓って、もう二度とこの店には来ない」

「うん、それでいい」

頭巾の中でにっこりと笑って、七緒はすっと立ち上がった。土間に転がっている匕首を拾い上げる。

他のやくざ者が次々に目を覚まし、頭を振ったり、首筋をなでたり、顎をさすったりしながら起き上がりはじめた。七緒を見る目をぎらつかせるのが精一杯で、それ以上のことはできない。

「あんた、いったい何者なんだ」

みぞおちを押さえつつ、匕首のやくざ者が七緒にたずねる。

「ただの通りすがりよ」

それを聞いて、やくざ者が情けなさそうな顔になった。たまたま通りかかった女に食い倒すところを見られ、有無をいわさず痛めつけられるなど、なんともついていないという顔つきである。

「匕首を返してもらえるか」

「駄目よ。これは私がもらっておく」

匕首を手に、七緒は首を横に振った。そうかい、と意外にさばさばとした顔でやくざ者がいった。

「鞘《さや》があったほうがいいだろ」

懐から抜き出し、七緒に手渡してきた。匕首を鞘におさめ、七緒は帯に差した。

「おめえら、引き上げるぜ」

他の三人に声をかけ、暖簾《のれん》を払って店を出てゆこうとする。

「ちょっと待って。忘れていることがあるんじゃないの」

やくざ者が一斉に七緒を見て、いぶかしげにする。

「ああ、勘定か」

匕首のやくざ者が気づき、店主にきく。

「いくらだい」

「は、はい、全部で三百四十八文になります」

「高えな」

その言葉を聞いて、七緒はやくざ者をやんわりと見た。へっ、と声を出してやくざ者が肩をすくめる。

「高えが、ちゃんと払うぜ」

「相済みません、お酒をだいぶ召し上がったものですから」

懐をごそごそとやり、やくざ者が財布を取り出した。そこから四粒の豆板銀をつまみ出し、店主に渡す。

「これで七匁《もんめ》はあるだろう」

豆板銀は形も大きさも一定していない。一匁は、だいたい五十文から六十文に換算される。厳密にやるなら、やくざ者が出した豆板銀を秤《はかり》で重さを量らなければならないが、七緒から見て、店主の手のひらにのっている四つの豆板銀は、七匁以上は優にありそうに思えた。

「はい、ありがとうございます」

店主が大仰に腰を曲げる。

「これでいいか」

財布を懐にしまって、やくざ者が七緒に確かめる。

「もちろん」

「もう一度きくが、あんた、いったい何者だ。刀を差しているし、武家なのか」

不意に頭に浮かんだ言葉を、七緒はそのまま伝えた。

「橙《だいだい》頭巾よ」

四人のやくざ者が一様にあきれた表情になった。

「橙頭巾だと。そのまんまじゃねえか。その顔を、じかに見せてはもらえねえのか。きっとかわいらしい顔が隠れているんじゃねえかと思うんだが」

「力ずくで頭巾を取りなさい」

「ふむ、そういうことかい。わかったぜ。次に会ったときは必ずその頭巾をむしれるよう、鍛えておくことにしよう」

「それがいい。体を鍛えれば、心も健やかになって、お天道さまの下を堂々と歩けるようになれる」

「堂々か。お天道さまは、ちと苦手なんだ」

戸口に立ったやくざ者が暖簾を持ち上げて、空を見上げる。天気はよく、秋らしからぬ陽射しが燦々《さんさん》と降り注いでいる。

「やっぱりまぶしすぎるな」

ぽつりといい、匕首のやくざ者が外に出る。三人のやくざ者があとに続いた。四人の男は、大勢の者が行きから往来を連れ立って歩いていった。

それを見て取って、七緒は店主たちに向き直った。

「どう、怪我《けが》はない」

「はい、どこにもありません。ありがとうございました」

「それはよかった。じゃあ、これでね」

会釈して、七緒は外に出た。夏を思わせる強い陽射しに包まれる。

「あの、お名は」

あわてたように見送りに出てきた店主にきかれた。後ろに控えている女房と娘も、真剣な顔で七緒を見ている。礼をしたいようだ。

むろん礼など必要なく、七緒は先ほどと同じ言葉を繰り返した。

「橙頭巾よ」

さっさと歩き出したが、すぐに足を止めて振り返った。

「ちょっとうかがいたいのだけど、このあたりに評判の団子屋さんがあるって聞いたの。名は知らないのだけど、ご存じかしら」

「ああ、常葉屋《ときはや》さんじゃないでしょうか。半町ばかり先の辻《つじ》を右に折れたら、すぐにおわかりになりますよ」

「常葉屋さんね。ありがとう」

快活に礼を述べて、七緒は再び歩を運びはじめた。

暑い。頭巾を早く脱ぎたくてならない。そっと後ろを振り向き、つけている者がいないのを確かめる。

辻を曲がり、やや人けが絶えたのを見計らって七緒は素早く頭巾を取った。丁寧にたたんで、懐にしまい込む。

この道はちょうど風の通り道になっているようで、涼やかでほっとする。吹き渡る風はさわやかで、すうっと汗が引いてゆく。

ふう、生き返る。

七緒は再び歩き出した。目は団子屋をすでにとらえている。

——あれね。

一膳飯屋のあるじが、すぐにおわかりになります、といった理由が知れた。十間ほど先の右手に人だかりがしているのだ。行列は、二十人ではきかないだろう。

これは期待が持てるわね、と足早に近づきつつ七緒は思った。かなり待つことになるのだろうが、さして苦にならない。楽しみのほうが大きい。

常葉屋は一軒家の軒先を店として造り直し、みたらし団子を売っていた。店先から醤《しょう》油《ゆ》の焦げる香ばしい煙が漂い出ている。ごくり、と七緒の喉を唾が通り抜けた。

行列の一番後ろに立ち、おとなしく順番を待つ。

大刀を腰に帯びた妙齢の女が団子を買おうとしているのが物珍しいのか、まわりにいる者たちがじろじろと遠慮のない目をぶつけてくる。

この手の目には慣れたもので、七緒は平然としていた。

常葉屋の前にずらりと並んだ客たちは、家人や近所の者で食すのか、十本以上を買ってゆく者がほとんどだ。

大勢の客を手際よくさばいているのは、自分と同じ年の頃と思える娘だ。にこにこと愛想がよく、ありがとうございました、の言葉も心からいっているようで、聞いていてとても気持ちがいい。自然に笑顔を誘われるような、丸みを帯びたかわいらしい声をしている。

店の奥で団子を焼いているのは、娘の両親と祖母のようだ。母親がときおり娘の様子を見に来ては、釣り銭を数えるなど、手伝いをしている。

――ここのお団子だろうか。

順番が近づくにつれ、七緒の期待は高まってゆく。

四半刻ばかり待って自分の番になり、七緒は少し考えた末、十本を買い求めた。

「ちょうど四十文になります」

財布から四文銭を十枚取りだし、娘に渡した。娘が紙包みに手早く、焼き立てのみたらし団子を入れてゆく。

「お待たせいたしました。ありがとうございました」

十本の団子が入った紙包みを手に、七緒は道を戻りはじめた。紙包みからは、ほんわかとしたあたたかみが伝わってくる。

――兄上は喜んでくれるかしら。

半刻ばかり足早に歩いて、七緒は足を止めた。軽く息をつき、額の汗を手ふきでぬぐう。目の前に『吹波流《ふきなみりゅう》　秋重道場』と墨書された看板がある。腹を下から持ち上げるような気合や竹刀《しない》が激しく打ち合わされる音、床板を強く踏みつける響きは耳に届かない。

誰も来ていないようね。

あまり多いとはいえない門人は町人と侍が半々で、朝と夕方の稽古にだけ顔を見せる者がほとんどである。昼のさなかにやってくる者は、最近はいない。

冠木門《かぶきもん》を入り、黒光りする敷石を踏んで七緒は屋敷側に回った。

「ただいま帰りました」

玄関の前に立ち、七緒は朗々とした声を発した。だが、応《いら》えは返ってこない。

また寝ているのかしら。おじいちゃん、寝るのが好きだからなあ。

式台に上がり、七緒は廊下を進んだ。

「おじいちゃん」

突き当たりの仏壇が置かれた座敷をのぞき込み、声をかけたが、治左衛門《じざえもん》の姿はない。

布団は敷かれておらず、文机の上に湯飲みが一つのっているだけだ。

お茶は自分でいれたのかしら。よくできたものね。それにしても、おじいちゃん、どこに行ったのかしら。

「おじいちゃん、お団子、買ってきたよ」

屋敷中に聞こえるような声で七緒は告げた。

「おお、団子か」

それまで影も形もなかった治左衛門がのっそりとあらわれたから、七緒はびっくりした。食いしん坊だから団子という言葉は効くだろうと確信していたが、ここまで効き目があるとは思わなかった。

「おじいちゃん、どこに行ってたの」

「厠じゃよ。久しぶりにたっぷり出してきたぞい。気持ちよかったわい。七緒、それはなんじゃ」

心を惹かれたような顔で、治左衛門が紙包みのことをきいてきた。

「お団子よ」

「おう、そやつが団子か。ああ、そうじゃったの。団子といわれたから、わしはあわてて戻ってきたんじゃった」

「おじいちゃん、お茶をいれてくるから、待っててね。お団子を先に食べちゃ、駄目よ。まずは兄上にあげるのだから」

そういって七緒は紙包みを文机の上に置いた。

「わかっとる。ほれ、こいつを持っていってくれ」

治左衛門が、文机の上の湯飲みを手渡してきた。

「おじいちゃん、お茶は自分でいれたの」

「茶ではない。水じゃ」

「えっ、生水を飲んだの。駄目でしょ。泥鰌《どじょう》が泳いでいるような水よ。体に障《さわ》る」

「なにをいうておる。わしの体は生水ごときじゃ、びくともせんわい」

確かに少し耄碌《もうろく》してきているくらいで、治左衛門は頑健そのものだ。背丈は五尺五寸ほどで長身といってよいが、その分かなり痩せている。だが、病気一つしたことがない。最後に風邪を引いたのがいつだったか、七緒はそれすらも思い出せない。古希を間近に控えているが、足腰もしっかりしている。

湯飲みを受け取り、七緒は台所に向かった。

まず瓶《かめ》の水を汲んで鉄瓶《てつびん》を満たし、それを竈《かまど》の上に置いた。竈の焚《た》き口に火をつけ、薪《まき》をくべる。炎が上がりはじめた。

湯が沸くあいだに、治左衛門の湯飲みを洗い、自分の湯飲みも用意した。盆に急須をのせ、茶葉を入れる。二つの湯飲みの水気を拭《ふ》き取り、盆に置いた。

そうこうしているうちに、鉄瓶がしゅんしゅんと湯気を噴きはじめた。注意して鉄瓶を竈から下ろし、湯がおとなしくなるのを待つ。

それから急須に湯を注いだ。

盆を手に、居間に戻る。

「お待たせしました」

敷居を越えた途端、七緒は、あっ、と声を上げた。

紙包みが開けられ、四本の串《くし》が文机の上に転がっている。

「おじいちゃん」

「食べちゃ駄目っていったでしょ」

不思議そうに治左衛門が首をひねる。

「はて、そのようなことをいわれたかのう。さっぱり覚えがないのう」

「こういうときだけ、耄碌したふりをするんだから」

ひざまずいた七緒は文机の串を拾い上げ、盆の上に置いた。

「七緒、わしは耄碌などしておらんぞ。その証拠に、この団子は残念ながら、ちがっておるのがわかる」

「えっ、そうなの」

驚きに七緒は目をみはった。

「最近では滅多にお目にかかれないような味じゃから、相当繁盛している店であるのはまちがいなかろう。だが、これはちがうの」

「そう、また外れなの。――おじいちゃん、お茶をどうぞ」

急須を取り上げ、茶を治左衛門の湯飲みに注いだ。文机の上に湯飲みを置く。

「ありがたいの」

治左衛門が湯飲みに手を伸ばし、背中を丸めて茶をすする。柔和に目を細め、湯飲みを両手で握り締めている姿を見ると、ただの好々爺《こうこうや》にしか思えない。

畳に正座し、七緒も湯飲みを手にした。紙包みの中から二本のみたらし団子を取り上げて、盆にのせて持ってきた皿に移し替え、仏壇に供えた。兄の位牌《いはい》に語りかける。

「大好きだったみたらし団子とはちがうようだけど、まずは召し上がって」

りん棒でおりんを鳴らすと、ちーんと澄んだ音が響き、流れ星のように尾を引いて静かに消えていった。そのあいだ七緒は目を閉じ、両手を合わせていた。

――ごめんなさいね。一所懸命に捜しているのだけど、まだ兄上を殺した下手人は見つからないの。

目を閉じたまま、しばらく兄のことを考えた。快活な笑顔とともに、道場でよく二人きりの稽古をつけてもらったことを思い出す。兄の面に思い切り竹刀を打ち込むと、七緒は筋がいいなあ、俺よりもずっといい、とにこやかにほめてくれたものだ。七緒が男に生まれていたらこの道場を継げたのに、世の中、うまくいかぬものだ。

でも兄上、と心で七緒は呼びかけた。兄上が死んじゃったから、結局、私が継ぐことになりそうよ。

「七緒、食べぬのか」

治左衛門にいわれて、七緒は目を開けた。にこりとする。

「もちろん食べるよ」

改めて団子に手を伸ばし、串についている四つの団子を一つずつはがすようにゆっくりと食してゆく。

「どうだ、ちがかろう」

「うん、ちがうね。おじいちゃんのいう通り、兄上がいつも買ってきたお団子じゃない。これはこれでとてもおいしいけれど、たれに深みとこくが少し足りない。兄上の買ってきたのは、お団子自体、外側はもっとぱりっとしていたし、中はしっとりとしていた」

「うむ、その通りじゃ。別段、味付けはしておらぬのじゃろうが、団子自体にも旨みがあったの」

首をかしげ、治左衛門が腕をこまねく。

「あれだけの団子を、蔵之進《くらのしん》はどこで買っていたんだろうの。蔵之進の団子好きはわしの血を引いたのだと思うが、わしはあんなにうまいみたらし団子、蔵之進が死んでから、一度も食べたことはないの」

「兄上はちょくちょく買ってきていたのだから、そんなに遠くはないと思うのだけど……」

「七緒は、きいたことはなかったのか」

「きいたけど、兄上はどういうわけか教えてくれなかった」

「わしも同じじゃ」

「おじいちゃんにも教えなかったんだ」

「うむ。なんでも開けっぴろげに話してくれた蔵之進にしては珍しいことじゃ」

本当ね、と七緒は相槌を打った。

「七緒としては、蔵之進の死に団子が絡んでいるんじゃないかと思っておるのじゃな」

「絡んでいるかどうかわからないけれど、今のところ、ほかに下手人を捜し出す手立てがないから、団子屋探しをしているだけよ。お団子は大好きだから、おいしい店を探し出すという楽しみもあるし」

「七緒、今日は団子を買いにどこまで行ったんじゃ」

「木挽町《こびきちょう》よ」

「けっこう歩いたな」

「あのくらい、大したことない」

七緒、と呼んで治左衛門が不意に顎をしゃくった。

「その着物の傷は、木挽町に行ったことと関係あるのかの」

「えっ」

驚き、七緒はあわてて見た。

「あっ」

小袖の左の袖のところが半寸ばかり切れているのだ。あのやくざ者にやられたのである。迂闊《うかつ》にも気づかなかった。

ぎろりと治左衛門が瞳を動かす。そういう目の配り方には昔から変わらない迫力がある。

「おまえ、またやりおったの」

「だって、黙って見ているわけにはいかなかったんだもの」

「なにがあったんじゃ」

祖父の顔を見つめ、七緒は簡潔に説明した。

「ふむ、一膳飯屋の代を踏み倒そうとした四人のやくざ者を懲《こ》らしめたのか。七緒、顔はいつものように隠したのか」

「もちろんよ。この前買ったばかりの橙色の頭巾でね」

そうか、と治左衛門がいった。

「いくら匕首を得物にしようと、おまえを倒せるような者は、市井《しせい》にはそうそうおるまいが、あまり無茶をせぬほうがよいのう。万が一ということもある。刃物はやはり怖いからの」

治左衛門にやんわりとたしなめられ、七緒は素直にうなずいた。

「うん、気をつける」

「二度とするな、というのはたやすいが、おまえはわしのいうことなど、ちっともきかんからの」

茶をすすって治左衛門が慨嘆する。

「おまえを背中に負ぶって、わしも何度も似たようなことをしてしまったしのう……。とにかく七緒、無茶はせぬほうがよいの。気をつけて、気をつけすぎるということはない。

そのことを肝に銘じておくことじゃ」

人を乗せて道を行く老馬のように優しい目で、治左衛門が七緒を見る。

「うん、よくわかった」

小さく笑って七緒は顎を引いた。

軽く唇を嚙《か》み締め、治左衛門がわずかに感嘆の思いが感じられる口調で続ける。

「それにしてもそのやくざ者、おまえの着物に傷を入れるとは、なかなかの腕じゃの」

「匕首を知り尽くしている感じだった。使いこなしていたもの」

「怖くはなかったか」

「動きはよく見えていたから。でも、着物に傷をつけられたということは、実際には私は見えていなかったのね」

「うむ、そういうことになるの。見切ったつもりがそうではなかった、ということじゃ」

それだけ間合を見切るというのは、むずかしいのだ。匕首でむずかしいのであれば、刀ならなおさら難儀ということだ。

「もっと鍛錬しなくちゃいけないね」

「うむ、そうじゃな」

目に光をたたえ、治左衛門が首肯する。

「剣の修行も、してしすぎるということはないような気がするの」

「そうね。おじいちゃんもしたんでしょ」

「うむ、死ぬほどやった」

治左衛門がいうくらいだから、文字通りと考えてよい。

「私もがんばる。この道場にもっと大勢の人に来てもらいたいもの。——でもおじいちゃん、目がいいね。こんな小さな傷を見つけるなんて」

「書物の文字を追うのは難渋しておるが、ほかは目に衰えは感じぬぞ。よく見える」

「それはとてもいいことね」

「剣を取っても、まだまだ七緒には後れを取ることはなかろうのう」

それは確かだ。ときおり道場で竹刀をまじえるが、常に赤子のような扱いをされる。

その後、七緒は着替えをして道場に出た。二十本の竹刀が壁に整然と立てかけられており、そのうちの一本を手にする。

道場は三十畳ほどの広さがあり、神棚がまつられた正面の壁のやや横側に扁額《へんがく》が掲げられている。

『陽炎時雨』。

そう墨書されている。この扁額自体、古いものではない。四年前に七緒が自ら書き、治左衛門の許しを得て道場に飾ったのである。

無人の道場の中央に立ち、七緒は一心不乱に竹刀を振った。

半刻ほど経過して、素振りが二千回を超えた。それを潮に七緒は竹刀を引き、蹲踞《そんきょ》した。

床板は、七緒の流した汗でびっしょりになっている。道着も、桶の水をかぶったようにぐっしょりと濡《ぬ》れている。

蹲踞の姿勢で、七緒は扁額を見上げた。

——陽炎時雨。

これまで何度も考えたが、意味はさっぱりわからない。

果たしてわかるときがくるのだろうか。

いや、必ずくるに決まっている。

七緒は、巨岩のように揺らがぬ確信を抱いている。

わからなければ、永遠に兄の仇《あだ》を討つことはできないのだ。

そう、永遠にである。

兄上、と七緒は心で呼びかけた。私が必ず仇を討つからね。

頼むぞ。

そんな声を聞いたように思った。

私の声が届いているのね。うれしくて七緒は涙がにじみそうになった。

そのとき道場の外で人の気配がした。

「七緒」

道場の東側に設けられている濡縁に立っているのは、治左衛門だ。

「どうしたの、おじいちゃん」

目尻《めじり》をぬぐって七緒は治左衛門に近づいた。

「おまきが来たぞ。おまえの部屋で待ってもらっている。早く行きなさい」

「うん、わかった」

幼なじみで気心が知れているといっても、さすがに汗びっしょりのまま行くわけにはいかない。庭の井戸で水を浴びたいが、真っ昼間では人目が怖くてそんなことはできない。以前、塀の穴からのぞかれたことがあるのだ。そのときはあまりの恥ずかしさに、死にたくなったものだ。

納戸で着替えを済ませ、井戸で何度も顔を洗った。とりあえず、これでよしとしなければいけない。洗顔したことで、さっぱりしたのは確かだ。

「待たせたね」

敷居際に立ち、七緒は声をかけた。

「ううん、大して待ってないよ」

大きな目をくるりと動かし、おまきがかぶりを振る。

おまきの前に正座し、七緒は幼なじみの顔をじっと見た。

「おまきちゃん、なにかいいこと、あったようね」

「あったといえばあった」

「どんなこと。教えて」

いいよ、とおまきはすぐに口にした。

「よく当たる占い師を見つけたの」

「えっ、本当」

七緒は身を乗り出した。

「七緒にしては食いつきがいいね」

「兄上のことがあるから」

「ああ、そうだったね。よく当たる占い師なら、蔵之進さんの命を奪った下手人がどこにいるか、探り当ててくれるかもしれないっていってたものね」

「当たるも八卦《はっけ》、当たらぬも八卦、というけれど、一時は藁《わら》にもすがりたい気持ちだったから。――その占い師、そんなに当たるの」

「うん、当たると思う。私の簪《かんざし》、その占い師のいう通りのところを探したら、見つかったもの」

「ああ、大事にしていた簪ね。見つかってよかったね」

「本当によかった。私のことをとても大事にしてくれた一造《いちぞう》さんからもらった簪だから」

「一造さんのこと、まだ好きなの」

「ううん、そうでもないよ」

「新しく好きな人、できたの」

「うん。よくわかるね」

「いつからのつき合いだと思っているの。顔に全部出ているよ。おまきちゃん、本当は占い師じゃなくて、その人のことを話したくて来たんじゃないの」

へへ、と笑っておまきが舌を出す。

「ばれたか」

すぐに笑みを消し、まじめな顔になった。

「でも、占い師のことを伝えに来たのも本当よ。あの占い師は、本物だと思う」

「簪はどこで見つかったの」

「信じられないことに竈の裏よ」

「えっ、そんなところにあったの」

「私もどうしてそんなところにあったのか、さっぱりわからない。その占い師は、失せ物は台所を探せば吉、といったの。半信半疑で家に帰って占い師のいう通りに探してみたら、本当にあったから、私、びっくりした」

「なんという占い師なの」

「鶴唱《かくしょう》さん」

どういう字を当てるのか、おまきは教えてくれた。

「きれいな名ね」

「そうでしょ。裏路地の一軒家が仕事場よ。数日前、私、ちょうどその前を通りかかって、名に惹かれてのぞいてみようって気になったの。なんとしても簪を見つけたかったし」

「おまきちゃんも、藁にもすがる気持ちだったのね」

「うん、そうね。もちろん、七緒の気持ちとは比べものにならないよ」

「鶴唱さんの家はどこにあるの」

「麴町よ。八丁目。ねえ、七緒、いつ行く」

「今日はどう」

「私はいいよ。今から行こうか」

「うん、行こう」

「さすが、思い立ったら吉日の七緒ね」

「なにそれ」

「小さい頃から、思い立ったらすぐ動かないと、いられないたちだったでしょ。それは今も変わらないってことよ」

部屋を出た七緒は、治左衛門に出かけてくる旨を告げた。

「そうか、占い師のところにな。ところで七緒、昼飯は食わせてもらえぬのか」

「さっき、お団子を六本も食べたでしょ」

「団子を六本……」

治左衛門が怪訝《けげん》そうに首をかしげる。

「おじいちゃん、覚えがないの」

「いや、覚えておるよ。あ、あんなにうまい団子、忘れるわけがないではないか」

「それならいいのだけど」

「……若い頃は朝と夕の二食で十分じゃったが、歳を取ったら、いつも腹が減ってならぬ。まったく困ったものじゃ」

「ごめんね、おじいちゃん。夕餉《ゆうげ》はちゃんとしたものをつくるから」

謝って七緒はおまきと一緒に外に出た。

「ねえ、七緒、今朝のこと、聞いた」

歩きはじめて間もなく、思い出したようにおまきがきいてきた。

「今朝のことって」

「人殺しがあったのよ」

それは初耳だ。

「誰が殺されたの」

「まだわからないみたい。もちろん下手人も挙がっていないようね。事件があったのは北日ヶ窪町の路地よ」

「麻布のほうか」

秋重道場があるのは赤坂新町《あかさかしんまち》五丁目だから、北日ヶ窪町とはさほど離れていない。

「七緒、それがただの人殺しじゃないの。聞いたら、ぞっとするよ」

「ずいぶん思わせぶりね」

「だって、殺された人の歯が全部抜かれていたっていうんだから」

「ええっ」

それは思ってもいなかったことだ。

「全部の歯を抜いた……。下手人は、どうしてそんなことをしたのかしら。むごすぎる。まさか、生きながら抜いたなんてことはないでしょうね」

「どうやらそれはないみたいね。でも、どうして死人からすべての歯を抜いたりしたのか、その理由もわからないらしい」

「ふーん、そうなの」

「七緒、興味津々という顔ね。できたら、自分で調べてみたいんじゃないの」

ふふ、と七緒は笑った。

「さすがおまきね」

「当たり前よ。こんなにちっちゃい頃からのつき合いなのよ。わからないほうがどうかしている」

気の置けない友との歩きながらのおしゃべりは楽しく、四半刻以上かかったはずだが、七緒はあっという間に麴町八丁目に着いたような気がした。

「ここよ」

麴町八丁目の裏路地に入って、ほんの二間ほどでおまきが足を止めた。路地はほとんど日が差さず、薄暗い。どこからか雑炊のようなにおいが漂ってきた。小便臭さも混じっている。

目の前にこぢんまりとした一軒家が建っている。障子戸に『占卜　鶴唱』と大きく墨書されていた。

「ごめんください」

声をかけ、おまきが障子戸を横に引く。あまり建て付けはよくなく、がたがたと大きな音が立った。

障子戸が開くと、中から線香のにおいが漂い出てきた。中はひどく暗いが、すぐに目は慣れ、六畳間の中央に大きな文机がどんと置かれているのが知れた。筮竹《ぜいちく》の束の入った筮筒がのせられ、その横に筮竹台と算木《さんぎ》が置かれている。

「お客さまかな」

しわがれた声とともに奥の間の襖《ふすま》が開き、のそりと一人の老人が出てきた。医者のように頭を丸め、十徳《じっとく》を羽織っている。

「はい、鶴唱さん。この前みてもらったままきです」

おまきがはきはきという。おお、とうなるような声を出して、鶴唱が相好を崩す。

「おまきさん、また来てくれたのか、ありがたいの。そちらは莫逆の友かな」

鶴唱の目が七緒に当てられる。

「ばくぎゃく……」

「はい、そうです。おまきとは幼なじみで、とても親しくしています。莫逆の友といって差し支えありません。私は七緒といいます。お初にお目にかかります」

「ふむ、七緒さんか。こちらこそ初めまして」

よっこらしょ、と鶴唱が文机の前に正座し、背筋を伸ばした。そこまで来ると、七緒からも顔がよく見えた。

彫りが深く、落ち窪んだ目の奥に鈍い光が宿っている。高い鼻は、なにかを塗っているかのように光沢を帯びている。山羊《やぎ》のように垂れたひげは白いものと黒とがまばらに混じって、貧相さと胡散臭《うさんくさ》さを同時に与える。このくらい怪しげなほうが、と七緒は思った。占い師としてはいいのかもしれない。

ふと気づくと、鶴唱が七緒をじっと見返していた。

「あの、なにか」

「えっ、い、いや」

とまどったようにいい、鶴唱がゆっくりとかぶりを振った。

「あまりにきれいな娘さんで、つい見とれてしまいました」

「鶴唱さん、私にはそんなこと、いってくれなかったのに」

「済まんな、おまきさん。ところで、失せ物は見つかったかな」

「はい、ありがとうございました。見つかりました」

「それは重畳《ちょうじょう》の至り。それで今日は、友垣を連れていらしたということですかな」

「そうです。七緒は失せ物ではなく、人を捜しているのです」

「さようか。では、お上がりなされ」

狭い三和土《たたき》で履物を脱ぎ、七緒とおまきは上がり框《かまち》から六畳間に上がった。座る前に七緒は刀を鞘ごと腰から外し、畳に置いた。

「人を捜しているというと、失《う》せ人《びと》かな」

姿勢を正し、七緒はまっすぐに鶴唱を見つめた。

「いえ、そうではありません。兄上を殺した者を捜しています」

「なんと」

絶句し、鶴唱がまじまじと七緒を見る。

「見つけて仇を討たれるのか」

「もちろんそのつもりでいます」

さようか、と鶴唱が息をのむ。

「それではさっそくみてみることにしようか。お兄さんの名は」

「秋重蔵之進といいます」

その名を心に刻むように鶴唱がうなずく。

「殺されたというと、どういうふうに」

「斬殺です」

腹に力を込めて、七緒は告げた。蔵之進の死にざまが浮かんでくる。涙が出そうになるのを、必死に耐えた。

「わかりました。これ以上聞くのも酷でしょうしな」

笹竹の束をつかみ、鶴唱はまずそれを二つに分けた。右手の束は机の端に寄せ、残りの束から二本ずつを取り除いてゆく。最後に一本残った。算木の一つを手に取り、表にして置いた。

同じことをあと五度、繰り返した。算木は表、裏、裏、表、表、裏、とちょうど半々になった。

鶴唱は算木をじっと見て、それから面を上げた。

「兄上のお命を奪った者は、この江戸にまだおるな」

「どこにいるのです」

七緒は勢い込んでただした。

「おまきさんの住みかは赤坂だったな。七緒さんも同じかな」

「はい、そうです」

「さすがに、仇がどこそこの町にいると断言はできんのだが、赤坂からそう遠くないということだけはわかるな」

「では、捜し続けていれば、必ず見つかるのでしょうか」

体をさらに前に出して、七緒は問うた。

「それはまちがいないな。しかも、もうさほど遠い将来ではない」

「まことですか」

「うむ。占いの結果としては、そう出ておるよ」

「ありがとうございます」

深く辞儀して七緒は礼を述べた。

「希望が持てます。仇がどのような者か、おわかりになりますか」

「残念ながら、相当の手練、としかわからん」

一緒に稽古をするたびに七緒の腕前のことをよくほめてくれたが、蔵之進自身、相当の遣《つか》い手だったことは疑いようがない。その兄を殺したのだ。相手はとんでもなく強い者なのだ。

見つけたからといって、仇を討てるとは限らない。むしろ、返り討ちに遭う公算のほうがはるかに大きい。

「最後によろしいですか」

「うむ、なにかな」

「陽炎時雨という言葉の意味はおわかりになりますか」

「陽炎時雨……。陽炎といえば暑い時季に地面などから立ち上る揺らめきのことだな。時雨は、秋の終わりや冬の初めに通り雨のようにぱらぱらと降る雨のことだ。この二つは同時に並び立つことのないものだが、なぜそのようなことをきくのかな。兄上の死に関係しているのかな」

　それには答えずに、七緒は再び深く頭を下げた。

「鶴唱さん、ありがとうございました。とても元気づけられました」

　顎ひげをなでて、鶴唱がにこにこと笑う。

「それはなによりだ。占卜にたずさわる者は人を励ましたり、生気や活力を取り戻させたりすることを要《かなめ》にせねばならん。お役に立ててよかったよ」

「お代は」

「では、五十文、いただこうか」

　いいことをいわれたのだから高くない。自らにいい聞かせて、七緒は財布から四文銭を十二枚と一文銭を二枚、取り出した。

「ありがとうございます。確かに」

両手を伸ばし、なにか神聖なもののように鶴唱がうやうやしく五十文を受け取る。

「おまきさんは占わずともよいのかな」

顔をおまきに向けて、鶴唱がきく。にこりとしておまきが手を振る。

「ええ、私は今日はけっこうです。鶴唱さん、また来ます」

お待ちしております、という声に送られて七緒とおまきは外に出た。

「どう、よかったでしょ」

路地を歩きはじめてすぐにおまきがきく。

「うん、とても」

「よかった」

無邪気におまきが喜ぶ。

「陽炎時雨って、蔵之進さんが死ぬ間際にいった言葉でしょ」

四年前のあの晩、と七緒は思い出した。初秋というのに妙に大気が湿って、冬を思わせるような肌寒さがあった。ここ数晩と同様に他出した蔵之進のことが気になり、七緒は胸騒ぎがしてならなかった。そして四つの鐘が鳴る少し前、我慢できずに兄を捜しに出たのだ。

人けの絶えた町を捜し回った末、半刻後に蔵之進は見つかったが、そのときにはすでに斬られ、路上に一人、横たわっていた。左の太ももを両断され、さらに袈裟懸《けさが》けを浴びていた。おびただしい出血のせいで、血だまりができていた。いま考えれば信じがたいが、それでも蔵之進は生きていた。

兄上っ、と叫びざま上体を抱き起こした七緒に向かって、かげろうしぐれ、とつぶやくようにいい、蔵之進は力尽きて息絶えたのである。

そのあと、どのくらい蔵之進を抱き締めていたのか知れない。いつのまにか七緒は布団に寝かされていたのだ。

兄が口にした、かげろうしぐれ、がどういう字を当てるのか、正確にはわかっていない。蜉蝣時雨かもしれない。

とにかく、蔵之進が迫り来る死の瞬間を必死に引き延ばして口にした言葉である。意味なくいったはずがない。

むろん生涯忘れるはずもないが、常に頭にあるようにしなければならない、と七緒は考えた。熟考の末、治左衛門にも相談し、文字を書き入れて、道場の正面に扁額にして掲げたのである。

近い将来、仇は必ず見つかる。

そのときに悔いが残らぬようにしなければならない。もし仇を逃がすような羽目になったら、蔵之進に申し訳が立たない。

もはや、阿漕な真似をするやくざ者を懲らしめている場合ではない。

これまで以上に真摯《しんし》に稽古に取り組むことを、七緒は強く決意した。

もっともっと技を磨かなければならない。

三

歩を運びつつ信兵衛は顔をしかめた。足が少し重く感じられる。

「旦那、疲れましたね」

まるで信兵衛の思いを察したかのように、後ろから善造が声をかけてきた。

「疲れてなどおらぬ」

「まことですかい」

痩せ我慢だろうと、弱いところを善造には見せるわけにはいかない。

「嘘《うそ》をいっても仕方なかろう」

「さいですね。でも旦那、こうして日暮れまで動き回ってなにもつかめないと、疲れが倍増しになるっていうんですかね、まさに徒労って感じがしますねえ」

善造、と前を向いたまま信兵衛は呼びかけた。なんですかい、と善造が返してくる。

「今日、なにもつかめなかったのは確かだ。だが、それを徒労と思うのはまちがいだ」

「はあ」

「俺たちの仕事では、なにもつかめぬというのも大事なことだ。歯を抜かれた仏の身元は知れなかったが、俺たちは確実に前に進んでいるのだ。消してゆくというのも大事なことだ。わかるか」

「へい」

「善造、明日になれば、きっと風向きも変わるはずだ」

「仏の身元は割れますかね」

「断言はできぬが、地道に動いていれば、必ず知れよう」

「あっしらは、やはり地道にやるしかないんですねえ」

「だから粘り強い者しか、お役目はつとまらぬのだ」

「旦那、あっしは粘り強いですかい」

「善造の場合は、苦労を苦労と思わぬところがある。なにをしても苦労と思わぬゆえ、それが粘り強さにつながっている。苦労と感ずる者の仕事ぶりは、どうしても薄っぺらなものになりがちだ。おまえにはそれがない」

「旦那、あっしは今ほめてもらったんですよねえ」

「当たり前だ」

「うれしいですよぉ……」

語尾が震えた。静かに振り向き、信兵衛は善造を見やった。

「泣いているのか」

「まさか、このくらいで泣くはずがありませんや」

だが、善造の目は少し潤んでいるように見える。

「善造」

それには気づかない顔で前を向き、信兵衛は再び呼びかけた。

「俺にほめられたのは久しぶりか」

「久しぶりもなにも、初めてのような気がしますねえ」

初めてということはあるまい、といおうとして信兵衛はとどまった。何度もほめているはずだが、善造がそう思っていないということは、明らかにほめ方が足りないのだ。

人は叱《しか》りつけるよりもほめるほうが、ずっと働きがよくなる。もちろん厳しくいうことも忘れてならないことだが、それ一辺倒では駄目なのだ。

人というのは、元来ほめられるのが大好きな生き物なのである。ほめられることで、本来以上の力を発揮する者がいかに多いことか。

――もっとほめてやらなければならぬ。

幸い善造は、ほめすぎたからといって、天狗《てんぐ》になったり、思い上がったりするたちではない。

すでに、信兵衛たちは北町奉行所のある呉服橋《ごふくばし》まで戻ってきていた。歩をゆるめ、信兵衛は大門の手前で足を止めた。忠実な犬のような目で、善造が信兵衛を見上げる。

「よし善造、今日はこれで終わりだ。今から書類仕事を片づけてくる」

「では、あっしはいつものように旦那をここで待っております」

「うむ、そうしてくれ。どこにも行くんじゃないぞ」

信兵衛にいわれて、善造が苦笑する。

「年端のいかない餓鬼じゃありませんから、大丈夫ですよ」

「善造、忘れたのか」

「なにをですかい」

「前に、饅頭《まんじゅう》の行商人のあとをついていったことがあっただろう」

「ああ、そういえばありやしたね」

恥ずかしそうに善造が頭をかく。

「あのときは腹が減っていたもので、ついふらふらと……」

「かどわかされたのか、と肝が冷えたぞ。いいか、善造。俺が戻るまでここにおれ。わかったな」

「へい、わかりやした」

元気よく答える善造に背を向け、信兵衛は大門の下に入り込んだ。大門は長屋門の造りになっており、右側に同心詰所に行ける出入り口が設けられている。

そこに入ろうとしたとき、信兵衛、と奉行所の玄関のほうから呼ぶ者があった。顔を向けると、浅田舞之助《あさだまいのすけ》がやや肥えた体を揺らしつつ、こちらにやってくるところだった。

「これは浅田さま」

大門の下を通り抜け、信兵衛は足早に近づいた。それを見て舞之助が破顔する。舞之助は与力で、信兵衛の上司役に当たるが、尊大なところが一切ない。とてもつき合いやすい相手である。

「信兵衛、帰ってきたか」

快活な声できいてきた。

「はっ、先ほど」

「無事か。どこにも怪我はしておらぬな」

「はっ、荒事はありませんでしたゆえ」

「それはよかった」

ほころばせた顔を舞之助がつと引き締めた。

「実はな、お奉行がおまえをお呼びなのだ」

意外なことを聞いた、と信兵衛は思った。

「それがしをですか」

これまでそのようなことはなかった。町奉行に呼ばれるなど、初めてのことだ。

「うむ、そうだ。どのような用件か気になるだろうが、とにかくついてまいれ」

はっ、と答え、信兵衛は舞之助のあとに続いた。

舞之助が玄関に立ち、低い式台を上がる。階段を行くと、その先には広間がある。広間には床《とこ》が設けられ、そこには五十挺《ちょう》ばかりの鉄砲が並べられている。

この広間から左へ行くと、詮議所《せんぎしょ》や裁許所《さいきょじょ》、公事《くじ》廊下、白洲《しらす》など裁きに関係しているところばかりである。

そちらには向かわず、舞之助は左の襖を開けて次の間に入り、さらに廊下へと足を踏み出した。廊下はすぐに畳廊下になる。明かりはなく、夕刻を過ぎた今、廊下は薄暗い。

お奉行が俺にいったいどんな用だろう、と畳廊下を進みつつ信兵衛は考えた。別に悪さはしていない。賄賂《わいろ》といえるような大金をもらったこともない。後ろ暗いことは、とにかくなにもないのだ。

となると詰問されるわけではなさそうだな、と舞之助の背中を見据えて歩を運びながら信兵衛は考えた。すると、こたびの一件のことだろうか。

歯を抜かれた死骸のことがそれだけ町奉行の興味を惹いたということかもしれぬ。

広々と開け放たれた用部屋の横を通り過ぎると、廊下が鉤《かぎ》の手に左へと曲がる。廊下はすぐに板のものに変わり、襖に突き当たって終わった。

その襖の前で舞之助が立ち止まり、低い声で、お奉行、と中に呼びかけた。

「和倉信兵衛を連れてまいりました」

「うむ、入れ」

重々しい声が聞こえ、失礼いたします、と舞之助が襖を開ける。先に敷居を越え、信兵衛に顔を向けて入るよううながした。

「失礼いたします」

敷居際で一礼し、信兵衛は部屋に足を踏み入れた。外から襖を閉めたのは、どこからともなくあらわれた一人の侍である。町奉行の内与力であろう。

信兵衛たちは町奉行の配下であるが、家臣ではない。旗本が町奉行になるに当たり、気の利いた家臣を町奉行所に連れてくる。ちょうど十人のその者たちが内与力と呼ばれ、町奉行の身の回りの世話や、留守居、右筆《ゆうひつ》、使番《つかいばん》の役目をしたりするのだ。

通された部屋は六畳間である。二つの行灯《あんどん》がともされ、ほのかな明るさが部屋に満ちている。壁につけるように文机が置いてあり、その前に奉行の沼田能登守《ぬまたのとのかみ》が威儀を正して座していた。諱《いみな》は俊光《としみつ》といい、聡明な男として知られている。

深い色をたたえた目が信兵衛を見つめているが、その表情は柔和で、人を惹きつけるものがある。目尻にしわが目立ち、額にも一本、深い筋が横に通っているが、老けている感じはない。目の輝きなどは、むしろ歳よりずっと若さを覚えさせる。

「そなたが和倉信兵衛か」

能登守に声をかけられ、信兵衛は額を畳につけるように平伏した。

「よい面構えをしておる。のう、舞之助」

「はっ、おっしゃる通りにございます」

「和倉、いや、信兵衛と呼ばせてもらおう。かまわぬか」

舞之助が答えようとするのを、能登守が制する。

「よい、じかに答えよ」

「はっ、名をお呼びいただければ、望外の喜びにございます」

「ならば信兵衛、まずは面を上げよ」

信兵衛はいわれた通りにした。

「信兵衛、きくが、なにゆえわしに呼ばれたかわかるか。舞之助にはきいたか」

「いえ、うかがっておりませぬ」

「それでよい。舞之助はなにも知らぬゆえ。それで信兵衛、どうだ。わかるか」

「確信はございませぬが」

「申してみよ」

「今日の一件のことにつき、お奉行はお知りになりたいのではないかと勘考いたします」

「その通りだ」

わずかに身を乗り出し、能登守が顔を寄せてきた。

「やはり歯をすべて抜かれた仏というのは、奇っ怪この上ない。信兵衛、調べは進んだか」

きかれて、信兵衛は体が自然に縮むのを感じた。

「いえ、まだ進んでおりませぬ。今日は仏の身元を明らかにしようと考え、動いておりましたが、なにもつかめませんでした」

「そうか。岡っ引などは使っているのか」

「はっ、使っております」

「手分けして探っているということだな」

「おっしゃる通りでございます」

「ならばよい。身元を明かすのには、やはり人手が必要ゆえ」

「御意」

「信兵衛、それでそなたはどう思うておる。なにゆえ仏は歯をすべて抜かれた」

「まだまったくわかりませぬ」

信兵衛は正直に答えた。

「そうか。わしもいろいろ考えたが、わからぬ。拷問ということも考えたが、検死医師によると、なんでも下手人は殺してから歯を抜いたそうではないか。となると、拷問というのはおかしくなる」

「歯がほしかったのでしょうかな」

信兵衛の隣で舞之助がいった。

「なにゆえ歯をほしがった」

「入れ歯にするためとか」

「だが、仏は三十半ばという話であった。歯を取るためなら、もっと若い者を選びそうなものだが。仏がよほどよい歯だったのなら、話は別だが」

脇息《きょうそく》にもたれ、能登守が軽く息をついた。

「信兵衛、正直にいえばな、噂話《うわさばなし》の種を仕込みたいのだ」

「種、でございますか」

問い返しながら信兵衛はぴんときた。

「わかったという顔つきだな。そうよ、明日、わしは今日と同じく登城する。すると、歯なしの骸の一件を家中の者に吹き込まれた諸侯が詰の間で、興味津々いろいろきいてくるのだ。そのときになにも知らぬのでは、町奉行としては面目が立たぬ。それで委細を知りたかったのだが」

「申し訳ございませぬ」

信兵衛としては頭を下げるしかなかった。

「いや、信兵衛、そのようなことをする必要はない」

床の間の掛軸に目をやり、能登守が顎をなでる。平静な顔をしており、別段弱ったような色は見せていない。

「ふむ、仕方あるまい。諸侯にはありのままを話すしかなかろう」

独り言のようにつぶやいて、能登守が顔を向けてきた。

「信兵衛、がんばって探索を続けてくれ。わしがいいたいのは、ただそれだけだ」

「信兵衛、どうだ」

やや声を低くして舞之助がきいてきた。

「探索は進みそうか」

「明日はきっと有益な手がかりをつかめると、それがしは信じております」

「ならば、明後日、お奉行が諸侯に向かって鼻高々に話ができるようになっておるか」

「よせ、舞之助」

脇息から体を離し、能登守が制する。

「信兵衛の気持ちに重しをつけるような真似をするではない」

「はっ、申し訳ございませぬ」

信兵衛、と能登守が呼ぶ。

「わしへの気遣いなどいらぬ。これはまことのことだ。探索についてはそなたに任せるゆえ、やりたいようにやればよい」

「はっ、ありがたきお言葉にございます」

「よし、下がれ」

はっ、と答えて信兵衛は辞儀した。一礼して舞之助が立ち上がり、襖を開ける。信兵衛は舞之助のあとを追うように部屋の外に出た。

再び廊下を歩き出す。二人は無言で足を進めた。

玄関まで来て、舞之助が足を止めた。

「お奉行はああおっしゃったが、信兵衛、頼むぞ。なんとか手がかりをつかみ、明日はよい知らせができるようにしてくれ」

「はっ、承知いたしました。必ずやよい知らせを持って帰ります」

「うむ、期待しておる。ではわしは与力番所に戻る」

「失礼いたします」

深々と腰を折り、信兵衛はきびすを返した舞之助の気配が感じられなくなるまでその場を動かずにいた。

体をひるがえし、同心詰所に入る。

すでに同心は一人もいなかった。刻限も刻限である、全員が帰ったのだ。薄暗さだけがひっそりと居座っていた。

確かに、こんな遅くまで働いているのは、難事件を抱えた者だけだ。

行灯に火を入れ、信兵衛は自分の文机の前に座った。

人の数の割に、江戸は残虐な事件はさほど多くはない。小さな事件は毎日、無数に起きている。

その手の事件は、町人たちが内輪で解決することがほとんどだ。信兵衛たち町方役人の手をわずらわせることは滅多にない。

ありがたい面もあるが、私刑の横行を信兵衛は危惧《きぐ》している。できればすべての犯罪を町奉行所が扱うべきだろうが、今の人員ではとても手が回らない。

町奉行所がもっと大きくなり、人が増えればよいのだろうが、肝心なのは中身だろう。ろくでもない者が同心になったら大変だ。権力を笠《かさ》に着て、庶民に迷惑をかけるのは目に見えている。

今でも岡っ引や下っ引などが金をたかったり、弱みにつけ込んで強請《ゆす》ったりして、狼藉《ろうぜき》をはたらいているのだ。それよりももっと悪くなろう。

信兵衛自身、あまり岡っ引などは使いたくないというのが本音である。だが、さすがに事件解決を優先するためには使わざるを得ない。今日も、手札を渡している岡っ引に会い、探索をするようにいってきた。

外で善造が待っていることを思い出し、信兵衛は留書に今日のことを記しはじめた。ほとんど収穫はなかったとはいえ、するすると筆は進んだ。

墨が乾くのを待ち、留書を閉じた。行灯の火を消す。

誰もいない詰所をあとにし、大門の下に出た。人が近づいてきた。

「お帰りでございますか」

門番をつとめる岩吉《いわきち》である。

「うむ、そうだ」

「和倉さまは、いつも遅くまでがんばりなされますな」

「若輩者ゆえ、先輩方よりがんばるのは当たり前だ」

闇《やみ》の中、岩吉が笑ったのが知れた。

「よいお心がけにございますな。気をつけてお帰りください」

「うむ」

大門をくぐり抜け、信兵衛は善造の姿を探した。

「善造、どこだ」

「ああ、ここです」

声がし、人影がすぐさま近づいてきた。

「よし、善造、帰るぞ」

「では、提灯に火を入れましょう」

手際よく善造が提灯に明かりをともす。

「ああ、明るくなった」

幼子のように無邪気に笑っている。

この男の笑顔を見ると、なにゆえ気持ちが明るくなるのだろう。

善造は、と信兵衛は思った。自分にとって得がたい男なのは確かだ。

第二章

一

竹刀を打ち合う響きや、鋭い気合が聞こえてくる。

私もやってこようっと。

うずうずしてきた七緒は書物を閉じ、文机にそっと置き直した。

朝餉を終えてしばらくたち、ちょうど眠気が差していたところである。竹刀を思い切り振れば、きっと爽快な気分になれるだろう。眠気も吹き飛ぶはずだ。

よーし、と自らに気合を入れた七緒がすっくと立ち上がったそのとき、不意に静寂が訪れた。

道場から響いていた竹刀の音や叫びのような気合が消え失せたのだ。庭をかしましく飛び回っていた鳥たちも静かになっている。

あれ、どうしたのだろう。

首をかしげた七緒の耳に、あわただしい足音が届いた。すぐさま腰高障子を開けて濡縁を見やると、柴田佳之助《しばたよしのすけ》が足早に近づいてきたところだった。

「どうしたの。なにかあったの」

濡縁に出て、七緒はたずねた。七緒を認めて足を止めた佳之助は、寒風を浴び続けたかのように赤い頬をしている。

「師範代、行き倒れです」

「行き倒れですって」

「はい。旅の者なのか、門の外に倒れていました」

「今も倒れたままなの」

「いえ、皆で道場に担ぎ込みました。控えの間に布団を敷いて寝かせてあります」

控えの間は、稽古で昏倒《こんとう》したような門人をしばらく横にしておくための部屋である。

「お医者は」

「元之丞《げんのじょう》が讃堂《さんどう》さんを呼びに行きました」

同じ町内で診療所を開いている讃堂は、腕のいい医者として知られている。

佳之助に先導されて、七緒は道場に足を運んだ。屋敷は渡り廊下で道場とつながっているが、途中、大きな欅《けやき》がある。この欅のために渡り廊下はまっすぐにならず、弓なりに曲がっている。

どっしりと厳かな雰囲気をたたえる欅の風情は、どう見ても神木としか思えない。この道場に治左衛門が越してきてすでに二十年が経過したらしいが、一度たりとも伐採は考えたことはないそうだ。

七緒が幼い頃はよく登って遊んだものだ。人が入れるような大きさではないが、うろも二つばかりある。

渡り廊下を進んで道場に入った七緒は、控えの間に足を踏み入れた。四畳半で、あまり広いとはいえない部屋だが、人が一人、横になるのには十分である。

布団の上に、四十過ぎと思える男が横たわっていた。腹の上に掻巻《かいまき》がかけられ、男が身につけていたらしい手甲脚絆《てっこうきゃはん》が、布団の横にたたんである。壁際に男のものらしい荷物が置かれているが、それは高さが三尺ばかりある古ぼけた木の箱が一つだけである。

箱の中身はなにかしら。

七緒は心の中で首をひねって考えた。どこかで見たことがある箱であるのはまちがいない。だが、思い出すことはできない。

枕元に正座した七緒は箱から目を外し、男の顔をじっと見た。

静かに眠っており、安らかな息づかいは行き倒れの者とは思えないほどだ。頬骨がとがっているが、頬はこけておらず、むしろまん丸で豊かだ。上下の唇は分厚く、どことなく欲深さを覚えさせた。よく日焼けしており、顔色の悪さはほとんど感じさせない。

稽古に来ていた六人の門人が案じ顔を並べている。いずれもこの近所の御家人の部屋住みである。

足音が聞こえ、使いに出ていた元之丞が顔をのぞかせた。

「讃堂さんをお連れしました」

「お通しして」

冬眠明けの熊のように、のそりとした感じで讃堂が巨体を部屋に入れてきた。四畳半の部屋は急に狭く、暑苦しく感じられるようになった。

いつもと同じく黒の十徳を羽織っている。立ったまま布団の上に目をやり、讃堂が響きのよい声で確かめる。

「こちらが行き倒れの方かね」

「さようです。よろしくお願いします」

横にずれて、七緒は頭を下げた。

「もちろんだ。七緒さんに頼まれたら、わしは一所懸命がんばるぞ。こちらにいる門人さんたちも同じよ。いつも七緒さんの励ましの言葉を待っておる」

門人たちが顔を見合わせ、照れたように笑い合う。

そのあたりのことは七緒も察している。教えるのがとても上手だった兄の死後も、残ってくれた門人である。七緒目当てにこの道場に通ってきているのだ。

手にしている薬箱を置き、讃堂が布団の脇に座り込んだ。讃堂に助手はいない。たいてい一人だ。

「七緒さん、お湯を沸かしてくれ。できるだけたっぷりだ」

「承知しました」

讃堂が男を診《み》はじめたのを横目に、七緒たちは外に出た。

七緒は元之丞と佳之助とともに台所に行き、瓶の水で大鍋を満たして、竈に火を入れた。

やがて、焚き口にくべた薪がごうごうと音を立てて燃えはじめた。ここまで火勢が強くなれば、湯が沸くまでにさほどのときはかからない。

「師範代、行き倒れの男が持っている箱はなんなのでしょうか」

道場のほうに目を向け、元之丞が興味を惹かれたという顔でいう。

「さあ、なにかしら。初めて見る箱ではないと思うのだけれど、どうしても思い出せない。

師範が同じことをよくいっているけれど、私、歳なのかしら」

「そのようなことはありませぬ」

七緒を見つめて佳之助が首を横に振る。

「だって師範代はまだ十七でしょう。耄碌するような歳ではありませぬ。――あの箱については、それがしも見たことがあるような気がしますが、思い出せませぬ。とにかく、あの者が目を覚ませば、中を見せてもらえるのではありませぬか」

「その通りね、期待しましょう」

そんなことを話していると、湯がぐらぐら沸きはじめた。

「さあ、持っていきましょう。熱いから気をつけてね」

七緒が優しくいうと、元之丞と佳之助が両側から取っ手を握り、大鍋を竈から持ち上げた。湯をこぼさないように慎重に運び、道場の控えの間に持ってゆく。

火箸《ひばし》を使って、七緒は燃え残りや燃えかすを灰にうずめた。それから道場に向かう。

運び込まれた湯を使い、讃堂が男を裸にして体を拭いていた。なにか見てはいけないものを見たような気がし、七緒はあわてて外に出た。ほてった頰を手で扇《あお》いでいると、門人たちが、師範代はうぶでいいなあ、というような顔で見ていた。

七緒は顔を扇ぐのをやめた。そんなに私はうぶに見えるのだろうか。もっと大人の女のはずなのに。

そんなことを考えているうちに、ふと治左衛門の姿が近くに見えないことに気づいた。少し耄碌がはじまっている割に耳ざとく、こういう騒ぎがあれば必ず顔を見せるのに、今ここには来ていない。

——どうしたのだろう。

なんとなく胸騒ぎがした。

「誰か師範を見た」

七緒は門人たちにたずねた。

「はい、先ほどお見かけしました」

名の通りに小柄な三枝小次郎《さえぐさこじろう》が答える。

「おなかが空《す》いた、団子を買いに行ってくるとおっしゃって出ていかれました」

「いつのこと」

「まだ四半刻はたっていないと思います」

「そう、お団子を……」

朝餉を食べて、まだ大してときはたっていない。しかも、治左衛門は三杯もおかわりしたのだ。あれで空腹というのは、どういうことか。耄碌がひどくなってきているとしか思えない。

大丈夫だろうか。捜しに出たほうがよくないか。団子を買いに出たとしても、ろくに金を持っていないのであるまいか。

心が騒いでならず、七緒が外に出ようと決めたとき、控えの間の戸ががらりと音を立てて開いた。

「終わりましたぞ」

敷居際に立ち、讃堂が告げた。

「大したことはなかった。別に病でもなんでもない。空腹で行き倒れたにすぎん」

「目を覚ましましたか」

「うむ、覚ましておる。もう起き上がっているぞ」

控えの間をのぞくと、男が布団の上に正座していた。

「大丈夫ですか」

静かな口調で七緒は男に声をかけた。

「あなたは」

ぎろりとした目で男が見つめてきた。その目の鋭さに、なんとなく気圧《けお》されるのを覚えたが、七緒は穏やかな表情を崩すことなく説明した。

「私はこの道場の娘です。七緒といいます」

「道場……」

「はい、ここは剣術道場です」

「ああ、さようですか。七緒さんとおっしゃったか、とても助かりました。ありがとうございます。礼を申します」

はきはきとした声でいい、男が頭を下げた。

「手前は、藤吉《ふじきち》といいます」

「藤吉さんですか。おなかがお空きなのではないですか」

「えっ、ええ、まあ。よくおわかりですね。実は面目ないことに、おとといから水しか飲んでいないもので」

「では、お粥《かゆ》を差し上げましょう。讃堂さん、上げても大丈夫ですね」

「もちろん。一番の薬になりましょう」

「でしたら、これからつくってまいります。少しかかりますが、藤吉さん、待っていてください」

ほとんど空になっている大鍋を持って、七緒は一人で台所に向かった。

「では、わしはこれでな。お大事に」

藤吉にいって、讃堂が帰ろうとする。足を止めて体をひるがえした七緒は讃堂に足早に近づき、十徳の袖をそっと引いた。

「讃堂さん、お代は」

小声できいた。讃堂が低く返してくる。

「もう済んでおるよ。藤吉さんが払ったからな」

「えっ、まことですか。讃堂さんに払うお金があるのに、おとといからなにも食べていないって、どういうことでしょう」

「なんでも、先を急ぐのに一所懸命で、空腹を忘れていたらしいぞ」

「なにゆえそんなに急いでいたのでしょう」

「江戸に帰ってきたのは久しぶりで、とにかく家人の顔を見たい、その一心だといっておりましたな」

「だったら引き留めてはまずいでしょうか」

「いや、なにか食べさせたほうがいいな。空腹のまま外に出したら、またぶっ倒れるに決まっておる」

「わかりました」

「ところで、ちと気にかかることがある」

ぽつりと讃堂がつぶやく。

「なんですか」

「舌を見るために藤吉さんに口を開けてみせるようにいったのだが、頑として開けなんだ」

「そうなのですか。なにか理由があるのでしょうか」

「さてなあ。口を開かない理由というのは、わしにはようわからんな。とんでもない恥ずかしがり屋なのかもしれんが」

道場の出入り口で讃堂と別れた七緒は台所に入るや、まず一合の米を小鍋で研ぎ、水に浸した。米に水がじっくりとしみるまで、これから少なくとも四半刻は待たなければならない。

具はなににしようか、と七緒は考えた。お粥を食べたときに自分が最もうれしいのはなにか。

やはり梅干しと鰹節だろう。七緒はその二つを用意した。それから外に出て、薪割りをした。

鉈《なた》を振るって薪を割るのは、幼い頃から大好きだ。すっぱり二つになったときの爽快さは、今も変わらない。七緒が薪割りをしていると門人が寄ってきて、それがしが代わりましょうというが、まず譲ることはない。薪割りがそれだけ好きなのだ。汗が流れるほど薪割りをしてから、台所に戻った。研いだ米を見ると、すでにだいぶ白くなっている。

このくらい水がしみていれば十分だろう、と判断し、先ほどうずめたばかりの炭を熾《おこ》して、米の入った小鍋にさらに水を加えて竈の上に置いた。

焚き口の炭が赤々となっているのを確かめ、割ったばかりの薪をくべる。

徐々に立ち上がってきた火が、一気に大きくなった。

これでよし。

火加減を見て薪を次々にくべる。

やがて鍋から湯気が噴き上がり、蓋《ふた》ががたがたいいはじめた。赤子泣いても蓋取るな。その言葉通りに七緒はしばらくそのままにしていた。勢いよく噴く湯気を嗅《か》ぐ。米が煮える甘いにおいがしている。

――よし、できた。

火箸を使って七緒は、赤々としている薪を灰の中にうずめた。

できあがった粥を鍋ごと膳にのせ、空の丼《どんぶり》、しゃもじ、箸、梅と鰹節の入った小皿とともに七緒は道場に運んだ。途中の欅の大木が少しだけ邪魔に感じられた。

「お待たせしました」

膳を自分の横に置き、七緒は丼に粥をよそった。

「梅干しと鰹節をのせてもいいですか」

「頼みます」

二つの具をのせた丼を藤吉に持たせる。

「これはうまそうだ」

目を輝かせた藤吉の喉がごくりと鳴る。

「梅干しと鰹節は、大の好物ですよ」

「それはよかった。藤吉さん、どうぞ、遠慮なく召し上がってください」

七緒は箸を握らせた。

「では、ありがたく」

箸を動かし、藤吉が食べはじめた。

「うむ、うまい。お米というのは、こんなにも甘いのですね。いやあ、うまい。こんなにうまいのなら、たまに飯を抜くのもいいことだと思ってしまいますよ」

まるでどこかの娘子のように藤吉はおちょぼ口で粥を食しているが、それでも最初の一杯目はすぐになくなり、七緒はおかわりをよそった。

それも藤吉はあっという間に空にした。さりげなく見ていたが、藤吉にはやはり口の中を隠したい理由があるかもしれないと、七緒は感じた。その思いを面に出すことなく、鍋を見る。

「あっ、足りなかったかしら」

鍋には、ほとんど粥は残っていない。

「いえ、もうけっこうです。満腹になりましたから」

「本当ですか」

「はい、本当です。もう入りません。ごちそうさまでした」

ふう、と息をつき、藤吉は満足そうに腹をなでさすった。

「おかげさまで、すっかりよくなりました。もう大丈夫です」

「それはよかった」

いいながら、七緒はちらりと部屋の隅の箱に目をやった。

「七緒さんは実に包丁の腕前がすばらしい」

七緒の目に気づかない顔で藤吉がいう。

「でも、包丁は使っていませんよ」

「料理の腕のことをいったのです。お粥だって、おいしくつくるのは大変ですよ。七緒さんは大したものです。本当にごちそうさまでした」

豊かな頬をほころばせながら、藤吉がいきなり立ち上がった。行き倒れた者とは思えない元気さだ。

「もう行かれるのですか」

驚いて七緒はたずねた。

「はい。家人に会いたくてならないのです。なにしろ五年ぶりですから」

「えっ、そんなに会っていなかったのですか」

「長く上方にいましたからね」

言葉を切り、藤吉が考え込んだ。

「しかし、こんなにお世話になったのに、これでさようならでは、恩知らずだといわれそうですね。お礼にこいつをお見せいたしましょう。七緒さんもお気にかかっているようですし」

手を伸ばし、藤吉が箱を引き寄せた。

「その箱には、いったいなにが入っているのですか」

興味津々という顔で七緒はきいた。

「からくり人形ですよ」

ああ、そうだったのか、と七緒は合点した。箱をどこかで見たことがあったのは、幼い頃、近くの奥山神社の祭礼の日に、目にしたことがあったからだ。

あのときも、からくり人形師が来ていたのだ。七緒は明瞭に思い出した。あの祭礼の晩も、兄と一緒に出かけたのである。七緒の手を握る蔵之進の手はあたたかかった。

藤吉がからくり人形を動かすと聞いて、すべての門人が集まってきた。控えの間はぎゅうぎゅう詰めになり、部屋に入れない者も出た。

こんなに門人がいたかしら、と七緒が怪しんだほど大勢に感じる。

「この部屋ではからくり人形を動かせませんから、道場のほうに出ましょう」

藤吉にいわれ、全員がぞろぞろと道場に移る。ここなら三十畳あるから、からくり人形も存分に動けよう。

道場に移ったら、途端に門人が少なくなったような気がしたが、今はそんなことはどうでもよかった。からくり人形に七緒の気持ちは強く惹かれている。

「あれはどのような意味があるのですか」

陽炎時雨と墨書された扁額を見て、藤吉がきいてきた。

「意味はありません」

「えっ、意味がないものを掲げているのですか」

「はい。ああして掲げていれば、いつか意味が知れるのではないか、と思っているのです」

「さようですか」

扁額から目を外した藤吉が箱の蓋をそっと開けると、中に大きな人形が立っているのが見えた。

「それは金太郎ですか」

七緒は逸《はや》る気持ちを抑えきれずきいた。木でつくられた人形はまさかりらしい物を担ぎ、菱形《ひしがた》の腹掛をつけている。

「ええ、さようです」

藤吉が両手で丁寧に金太郎を取り出した。いかにも大事そうだ。

「なんてよくできている――」

金太郎を見つめ、元之丞が感嘆の声を漏らした。他の門人たちも同感という顔つきをしている。むろん七緒も同じ思いだ。

「――金太郎といえば、これがいないと話にならないわけです」

柔和に笑って、藤吉が箱の奥から熊も出してみせた。下駄《げた》二つ分くらいの大きさだ。四本の足はついているが、熊はなぜか亀のようにひしゃげている。

「もしや、からくり人形の修行のために上方に行ったのですか」

　ふと気づいて七緒は藤吉に問うた。

「さようです。江戸でももちろん習うことはできたのですが、上方に一人、それはすばらしいお師匠がいると聞いて、いても立ってもいられなくなったのです」

「それで五年も上方に……」

「過ぎてしまえば、あっという間でしたよ」

　蔵之進が死んですでに四年。確かにあっという間だった。

「では、ご覧に入れましょう」

　腕まくりをして、藤吉が金太郎の背中を触った。何度かねじを巻くような仕草をすると、わずかな間を置いて人がうなるようなかすかな音が響きはじめ、金太郎がゆっくりと歩き出した。

　門人たちが、わあ、という歓声を上げた。

　七緒も、すごい、という声を我知らず発していた。

　まさかりを肩に担いだ金太郎は、熊の背に乗った。おう、すごい、という声がまわりから漏れた。金太郎が背中に腰を預けると、それまで腹這《はらば》いになっていた熊がぎーという音とともに起き上がり、のそりのそりと動き出した。またしても、わあ、という声がわき上がった。

いったいどういう仕掛けになっているのだろう、と七緒は不思議でたまらなかった。どうすれば、人形があんな動きができるようになるのか。すごいとしかいいようがない。奇跡を見ているような気分になった。

円を描いて歩いていた熊が不意に立ち止まった。背中の金太郎が熊を鼓舞するようにまさかりを振る。またも驚きの声が上がった。

このからくり人形は、藤吉がつくったのだろうか。きっとそうなのだろう。藤吉はからくり人形師として、かなり名のある者なのではないか。

そのとき、ふと熊の口が開いた。次はどんな動きをするのだろう、と七緒は興味深く注視した。

すると、熊の口から白い煙がもくもくと出てきた。

これはいったいなんだろう、と七緒はなんとなく藤吉に目をやった。

いつの間に取り出したのか、藤吉は手ぬぐいで口を覆っている。

熊からはとめどもなく煙が出てくる。濃さを増した煙は見る間に広がり、霧のように道場内を覆ってゆく。げほ、ごほ、と門人たちが一斉に咳《せき》をしはじめた。

七緒も我慢しきれず、咳き込んだ。開けていられないほど目も痛い。

「これはなんなの――」

あまりに苦しく、口に手を当て、目を細めて道場の外に逃れようとしたが、その前に体の自由が利かなくなった。七緒は出入り口近くに倒れ込んだ。門人たちもばたばたと倒れてゆく。

横たわった七緒のそばを駆け抜けていこうとする者がいた。両手にからくり人形の箱を大事そうに抱えている。

震える腕に力を込めて七緒は足をつかもうとしたが、藤吉はまったく気にとめることなくすり抜けていった。七緒の手など、蜘蛛《くも》の巣ほどの力もなかった。

あの男はなぜこんな真似をしたのだろう、と遠くなりそうな気を必死に引き戻しつつ、七緒は考えた。

まさか泥棒をするためにこの貧乏道場にやってきたわけではあるまい。少なくとも、行き倒れたのは道場に入り込むための方便だったのだろう。

道場をあとにした藤吉は渡り廊下の途中で立ち止まり、欅を見上げた。深くうなずいてから渡り廊下の上にからくり人形の箱を置き、幹に沿って右にまわって再び足を止めた。

今にも気を失いそうだが、必死に心を励まして、七緒は藤吉を見続けた。あの男のしていることを、すべて目に焼きつけなければならない。

いきなり藤吉が幹の中に手を突っ込んだ。そういうふうに見えたのは、あそこに小さなうろがあるからだ。

藤吉はうろの中をしきりに探っている様子だったが、やがてにやりと笑った。あった、と口が動く。藤吉がうろから手を抜いたときには、細長い形をした木の箱をしっかりとつかんでいた。

——あれはなんなの。

掛軸を入れる箱によく似ているが、それよりももっと小さい。全体に漆が塗られているようだが、箱自体が相当古いものらしく、ところどころはげている。

箱に家紋らしいものが彫り込まれていることに七緒は気づいた。

——下がり藤……。

箱を手にした藤吉は満足そうに笑んでいる。

漆塗りのあの箱を欅から取り出すために、からくり人形を使うなど、藤吉はこんなに手の込んだことをしたのか。

あの箱は、いつからうろにあったのだろう。これまで数え切れないほどうろに手を入れてきたが、あんな物があるなど、まったく気づかなかった。いつのことかわからないが、誰かがあの箱を隠したにちがいない。

ふと藤吉がこちらを見た。七緒がまだ気絶していないことに驚いたのか、目を丸くする。

ということは、と七緒は歯噛みしつつ思った。他の門人たちは皆、気を失ってしまったのだろう。

毒が混ざっているとしか思えない煙を吸い込んで、命に別状はないだろうか。それだけが気になる。みんな、無事でいてほしい。

七緒から目を離した藤吉は、漆塗りの箱を小脇にはさんだ。からくり人形の箱を両手で抱きかかえ、歩きはじめる。七緒の視野を足早に横切ってゆき、ほんの数瞬で姿は見えなくなった。

その直後、七緒は目の前が真っ暗になり、すべての光景が一瞬にして消え失せた。

二

欅を見上げた。

高さは優に五丈はあり、幹回りも二人の大人が手をつないで届くかどうかという太さを誇っている。

これで樹齢はどのくらいだろう、と信兵衛は思った。百年ではきかないような気がする。

頭上で輝く太陽の光を受けて、欅の巨大な影が渡り廊下に重く覆いかぶさっている。

おもむろに手を伸ばし、信兵衛はうろに手を突っ込んでみた。

「どうですかい、旦那」

横から善造が興味深げにきいてくる。

「うむ、中はけっこう広いな。掛軸の箱はむずかしいかもしれぬが、大きめの徳利くらいなら楽に入ろう」

「雨はどうですかい」

「全然たまっておらぬ。このうろには、ほとんど降り込まぬのではないか。降り込んだとしても、どうやら吸い込まれるように下へと流れていってしまうらしい」

「それならば、物を隠すのには格好の場ってことですね」

「悪くない隠し場所であるのはまちがいない」

体の向きを変え、信兵衛は七緒に相対した。

「七緒どの、具合はどうかな」

この前、最後に会ったときよりずっときれいになっている。さすがに憔悴《しょうすい》を隠せずにいるが、そのせいなのか、これまでになかった色気がにじみ出てきており、だいぶ大人になった感を与える。

「はい、すっかり大丈夫です。だいぶ落ち着きました。目も喉も痛くありません」

「それはよかった。門人たちも何事もなくて幸運だった」

「はい、それだけが救いです」

「讃堂どのはなんといっている」

「体に毒が入ったかもしれぬゆえ、とにかく水をたくさん飲むようにおっしゃいました」

小水として毒を出してしまえ、ということなのだな、と信兵衛は納得した。七緒どの、と呼びかけた。

「このうろにそのような物が隠されているとは、知らなかったのだな」

「はい、まったく知りませんでした」

少し間を置いて信兵衛はたずねた。

「からくり人形師は藤吉といい、初めて会った男といったが、まちがいないか」

「はい、私を含めて門人たちも誰一人として知らない男でした」

「藤吉の歳の頃は」

「四十過ぎというところでしょうか」

「七緒どの、今から人相書を描きたいのだが、中に入ってよいか。記憶が鮮明なうちのほうがよいのでな」

信兵衛は屋敷のほうを指し示した。

「もちろんです」

玄関横の三畳の間に座り、信兵衛は筆を構えた。すでに紙は畳に広げてある。

「では七緒どの、人相をきいてゆくゆえ、答えてくれるか」

「はい、承知いたしました」

形のよい眉をきりっとさせて、七緒が深く顎を引く。その姿に善造が見とれているらしい気配が届いた。信兵衛にも、その気持ちはわからないでもない。

静かに息を入れ、信兵衛は気持ちを落ち着かせた。

「よし、まずは輪郭からきいていこう」

「卵形といってよいと思います。頬骨はとがっていましたが、頬は丸く、顎はほっそりしていました」

「ふむ、そうか」

うなずいて、前かがみになった信兵衛はすらすらと筆を動かした。

「月代《さかやき》は」

「剃《そ》っていましたが、手入れはしていなかったように見えました」

「目はどんな形をしていた」

「どんぐり眼《まなこ》です」

「こんな感じか」

目を描いた信兵衛は人相書を反対向きにし、七緒に見せた。七緒が少し顔を寄せてくる。それだけでいいにおいが漂ってきて、信兵衛はどきりとした。

「はい、そっくりです」

うむ、と大きくうなずいて信兵衛は紙を自分のほうに戻した。筆を握る手に力を込めたが、すぐに師匠の言葉を思い出し、指から力を抜いた。指や腕をがちがちに固まらせては、いい絵は描けない。

それにしても、七緒がそばにいるだけでこんなに息苦しくなるとは思わなかった。自然に大きな吐息が漏れる。

「眉は」

腹に力を入れて信兵衛はたずねた。

「下がり気味で、そんなに濃くはありませんでした」

無心になれ、といい聞かせつつ、信兵衛は筆を運んだ。

「口はどうだった」

「上下ともに厚い唇でした。鼻は少し丸くて、鼻筋は通っていませんでした」

なるほど、と信兵衛は修正を加えつつなおも描き続けた。

「よし、できた。さて、こんな感じか。七緒どの、どうだろう」

描き終えた人相書を、信兵衛は七緒に見てもらった。

七緒が息をのむ。すごい、と感嘆の声を発した。

「よく似ています。まるで本人を前にして描いたみたい。和倉さまは、絵がお上手なのですね」

その言葉を聞いてさすがにほっとし、信兵衛は胸を大きく上下させた。

「そこまでほめてもらえるような代物ではなかろう。正直にいえば、人に習ってようやくここまで描けるようになった」

「和倉さまには、もともとの素養があるのでしょう。私が絵を習っても、ここまで描けるようになるとは思えない。――あっ、汗が」

七緒が手を伸ばし、信兵衛の額の汗を手ふきでぬぐった。

「かたじけない」

なんとか声を震わせずに済んだことに、信兵衛は安堵《あんど》した。

「七緒どのは器用な気がするゆえ、絵もうまくなろう」

七緒が畳に目を落とした。

「自分が、そこそこ器用なのはわかっています。でも、それについてあまりよいとは思っていないのです。なんでも中途半端に終わりそうで」

そういうものかもしれぬ、と信兵衛は思った。七緒自身、剣を究めたいと思っているのだろう。この道場も蔵之進が死んでしまった以上、七緒が婿を取って継ぐことになるのではないか、と近所の者は噂している。剣の上達を志す者にとっては、剣以外のことはまったくできない不器用者のほうがよいのではないか。そのほうが才が余分なものに向かわず、すべて剣に注がれるような気がする。

「ならば、これでよいな。この人相書はたくさん刷って、各町の自身番にばらまくことになろう」

墨を乾かすために、信兵衛は畳の上に人相書を置いた。

「よろしくお願いいたします」

七緒が頭を下げた。すると、着物のあいだから真っ白なうなじが見え、信兵衛はどぎまぎして目をそらした。善造はごくりと唾を飲んでいる。

こほん、と信兵衛は咳払いをした。

「七緒どの、藤吉という男のことについてもう少し事情を聞かせてもらってよいか」

「もちろんです」

「からくり人形師の藤吉が持ち去ったのは漆塗りの細長い箱ということだが、中身がなにか、見当がつくか」

「いえ、まったくつきません」

そうか、と信兵衛はうなずいた。

「藤吉という男の持っていたからくり人形は、相当精巧にできていたらしいな」

「その通りです。あれだけよくできたからくり人形は初めて見ました」

「そのからくり人形は、藤吉がつくったものだろうか」

「そうだと思います。とても大事に扱っていましたから。まるで血肉を分けた子のようでした」

「それだけのからくり人形をつくれる男となると、藤吉は名のあるからくり人形師なのだろうか。上方に五年いたといったそうだが、向こうの言葉を話したか」

「それは感じませんでした」

「ならば、上方というのも方便であろう」

「そういうことになるのですね」

顎を引き、七緒が低い声でいう。

「藤吉という名も、まちがいなく偽りのものだろう」

「藤吉という男は、江戸者なのでしょうか」

「まずまちがいなかろう。江戸の者ならば、必ず捜し出せるはずだ」

「よろしくお願いいたします」

まかせておけ、と胸を叩ければいいのだろうが、信兵衛はそういうことのできる性格ではない。

「七緒どの、藤吉のことでなにか気づいたことはないか。あるいは、おかしいと思ったようなことは」

「一つあります」

間髪容れずに七緒が答えた。

「藤吉を診てくださった医者の讃堂さんがおっしゃっていたのですが」

うむ、と信兵衛は相槌を打った。

「藤吉に口を開けるようにいったのに、決して開かなかったそうです。それを聞いて私も、お粥を食べさせたときなんとなく見ていたのですが、確かに口を大きく開けずに食していました。男の人であんな食べ方を見たのは、初めてです」

「となると――」

顎をさすって少し考えてから、信兵衛は墨の乾いた人相書を手に取った。

「これは役に立たぬかもしれぬ」

「えっ、どういうことです」

目をみはった七緒だけでなく、善造もあっけにとられた顔つきだ。

「わからぬか」

信兵衛にいわれて、七緒がはっとする。

「もしや口に綿を含んでいたのですか」

「そういうことだろう」

きゅっと唇を嚙み、七緒が悔しそうな顔になる。

「迂闊でした。讃堂さんにいわれたときに気づいていたら、こんなことにはならなかったのに……」

「なに、幸い死者も怪我人も出ておらぬ。ひどい目に遭ったのは紛れもないが、あまり気に病む必要はなかろう」

「はい」

「よし、描き直すとするか」

新たな紙を懐から取り出し、信兵衛は畳に置いた。善造が差し出した筆にたっぷりと墨をつけて、腕を動かしはじめた。

「善造、ひとっ走り使いに出てくれぬか」

「お安い御用です。どちらに行けばいいんですかい」

「達吉《たつきち》のところだ」

「わかりやした。達吉さんを呼んでくればいいんですね」

「頼む」

一礼し、善造が出ていった。

それから四半刻もかからずに人相書はできあがった。

「こんな感じか」

畳の上に人相書を改めて置き、信兵衛はじっと見た。悪くはない、と感じた。頬骨が突き出ているために、頬がこけたこちらの絵のほうがしっくりくる。

人の良さが消え、凶悪さが色濃く出ている。心中でうなずいた信兵衛は、七緒からよく見えるように向きを変えた。

「どうだ」

身を乗り出し、七緒が人相書に真剣な目を落とす。

「口から含み綿を取ったら、まちがいなくこんな感じになると思います」

「そうか。しかし、これはまた悪い顔になったものだ」

「本性が出た感じですね」

「本性か。まったくだ」

信兵衛は懐から新たに二枚の紙を取り出し、いま描いたばかりの人相書と先ほど描いた古い人相書と同じものを、予備のためさらに一枚ずつ描いた。

その二枚の人相書の墨が乾くのを待って折りたたみ、懐にしまい入れた。目を上げ、七緒を見る。

「ところで、治左衛門どのはどうした。姿が見えぬようだが」

「出かけているのですよ。お団子を買いに出たようです」

「団子を。好物なのだな」

「はい、目がありません。でも、どこへ行ってしまったのか、朝に出たきり帰ってこないのです」

「朝に出て……。それは心配だな。治左衛門どのはいくつになられた」

「六十八です」

「月日がたつのは早いものだ。治左衛門どのは元気なのだな」

「それはもう。食い気だけは十年前よりもずっと増しています」

「食べられるというのは、とてもよいことだ。人は食べられなくなったら、おしまいだと知り合いの医者がいっていた」

噂をすれば影が差す、というが、その言葉通りに治左衛門が玄関にあらわれた。

「おじいちゃん」

呼びかけて、七緒がほっと安堵の顔になる。

「七緒、どうしたというのじゃ。いったいなにがあった。ずいぶんと物々しいのう。わしは、門前で止められたぞ」

信兵衛と善造だけでなく、町奉行所から十人近い中間や小者が出張ってきているのだ。

「おじいちゃんの留守中、大変だったのよ」

眉根にしわを寄せて七緒がいう。

「本当になにがあったというのじゃ。おや、そこにおるのは、町方同心じゃの。おっ、その顔には見覚えがあるぞ。ああ、蔵之進の一件を調べてくれた同心ではないかの」

「さようにござる」

治左衛門に向かって、信兵衛は辞儀した。部屋に上がり込んだ治左衛門が七緒の横に座り、信兵衛を見つめる。

「倉田どのじゃったの」

「いえ、和倉でござる」

「ああ、そうじゃった。済まん、またまちがえてしもうた。――和倉どの、蔵之進の一件はどうなったのかの」

きかれて、信兵衛はいたたまれない気分になった。恥じ入るように深く頭を下げる。

「まことに申し訳ござらぬ。いまだ進展はありませぬ」

「そうか。それは無念じゃのう」

「おじいちゃん、今は兄上の一件はいいのよ」

「ああ、そうじゃの。それで七緒、いったいなにがあった」

息をのみ込んだ七緒が簡潔に説明する。

「な、なんと――」

聞き終えた治左衛門は絶句し、それきり言葉が続かない。

「おじいちゃん、息をして」

手を伸ばし、七緒が治左衛門の背中を優しくさする。

「おうっ、息が通った。――つまり、行き倒れのからくり人形師が、毒入りの白い煙を吐いたというのじゃな」

「おじいちゃん、誰もそんなこと、いってないでしょ」

「毒入りの煙を吸って、七緒たちは気を失ってしまったのじゃろう」

「煙を吐いたのは熊だけどね」

「なに、熊が来たのか」

「人形の熊よ」

「熊が人の形をしてあらわれたのじゃな」

「おじいちゃん、まさかふざけているんじゃないでしょうね」

「ふざけてなどおらぬ」

治左衛門がしょんぼりとした。

「治左衛門どの」

呼びかけて、信兵衛は顔を向けさせた。

「欅のうろに、細長い箱が隠されていることをご存じでしたか」

「いや、知らなんだ。細長い箱というと、中身はなにかな。掛軸か」

「それはまだわかりませぬ。七緒どのによると、その箱は掛軸の入れ物より小さかった由にござる」

「掛軸より小さいというと、なにかのう」

「巻物などが考えられます」

「巻物というと、お経が記されているものもそうじゃな」

「さよう。治左衛門どのに、巻物についてなにか心当たりはありませぬか」

「ふむ、巻物か……」

「たとえば、こちらは吹波流という流派の道場でござるが、秘伝を伝える巻物が盗まれたということはないのでござろうか」

「我が道場には、巻物などないの。秘伝といえるほどの剣はないゆえ」

「さようですか」

「おじいちゃん、本当に秘剣はないの」

意外そうに七緒がきく。

「ない」

治左衛門が断言する。

「我が流派には、相伝の太刀というべきものはないのじゃ」

七緒は呆然としかけたが、気を取り直したように言葉を継いだ。

「なぜないの。ほかの道場にはいくらでもあるのに」

「考えつかなんだのじゃ」

「えっ、誰が考えつかなかったの」

「わしに決まっておろう。吹波流というのは、わしがはじめた流派じゃからな」

「えっ、そうだったの」

　七緒が驚き、目をみはる。

「七緒、知らなかったのかの」

「知らなかった。ずっと昔から継承されてきた流派だと思っていた。幼い頃におじいちゃんから、吹波流は古い歴史のある流派なんだぞ、と教えてもらったから」

「そういえば、そんなことをいうたこともあったかのう」

「あれは嘘だったの」

「嘘ではないぞ。なにしろわしが若い頃にはじめた流派じゃ。だが正直にいえば、古いというほどではないかのう。わしも格好をつけたんじゃな。若気の至りじゃ。七緒、すまんの」

「若気というほど、あのときのおじいちゃん、若くなかったよ」

「そうか。七緒、許してくれるか」

「うん、わかった。秘剣をいつの日か伝授されるのを楽しみにしていたのだけど」

「すまんのう」

「別に謝るほどのことではないよ」

　こだわりのない様子で、七緒が素直にうなずいた。

「ねえ、おじいちゃん、吹波流という名はどこからつけたの」

「なんとなくじゃよ。門人が押し寄せるような格好のよい名を考えていたら、なんとなく頭に浮かんできたのじゃが、押し寄せてはこぬの。誤算じゃった」

「兄上が生きていれば、またちがうのだろうけど」

「——治左衛門どの」

割り込むように信兵衛は声をかけた。

「この屋敷と道場は二十年前に手に入れたとうかがいましたが、それは、まちがいありませぬか」

「うむ、まことのことじゃよ。居抜きで買ったのじゃ」

「誰から買ったのです」

むっ、と治左衛門が言葉に詰まる。

「あれは確か……」

なんとか記憶をたぐり寄せようとしているが、おぼつかないようだ。

「済まぬ。覚えがないの」

「売り主からじかに買ったか、口入屋などの周旋を受けたかも、覚えがありませぬか」

「はてさて、どうだったかの」

腕組みをして治左衛門が天井を見上げた。一所懸命に思い出そうとしているのはわかるが、うんうんとうなるばかりだ。

「治左衛門どの、無理はなさらずともけっこうです。こちらでも調べられるゆえ」

治左衛門がほっとし、喜色を浮かべる。

「さようか。そちらで調べてくれるのなら、ありがたいの」

「では、そういたします」

信兵衛はすっくと立ち上がった。

「これから探索に入ります。よい結果をもたらせるよう力を尽くす所存です。では、これにて失礼いたします」

治左衛門と七緒に頭を下げて、信兵衛は玄関の三和土に降りた。

「そうか、もう帰るか。もう少し話をしていたかったが、致し方あるまいの」

寂しそうにいう治左衛門に笑いかけて、信兵衛は雪駄《せった》を履いた。冠木門に向かう。後ろに七緒がついてくる。

門のところで足を止め、信兵衛は中間や小者たちに、ここはもういいぞ、といった。

「番所に戻ってくれ」

「承知いたしました」

中間、小者たちが信兵衛に頭を下げ、ぞろぞろと歩き出した。

それを見送って信兵衛は振り向き、七緒と正対した。目が合い、七緒が辞儀した。

「和倉さま、今回の一件、よろしくお願いいたします」

「必ずや下手人を捕らえるつもりだ。わざわざ手の込んだことをして、いったいなにを奪っていったのか、それも知りたくてならぬ。七緒どのも同じだろう。ちがうか」

「はい、知りたくてなりません。――和倉さま、ところで陽炎時雨という言葉の意味はわかりましたか」

「いや、皆目」

下を向きかけたが、信兵衛はこらえ、まっすぐ七緒を見た。

「さようですか」

七緒がよく光る目で見返している。

「済まぬ」

「いえ、謝られるようなことでは……」

「兄上の一件は決して忘れたわけではない。それは信じてくれ」

「よくわかっております。和倉さまもお忙しいのでしょう。平和な町といっても、それは表向きのものにすぎません。事件は次から次へと起きるのでしょうし。歯を抜かれた男の人の一件も、和倉さまのご担当でございましょう」

「うむ、その通りだ」

七緒を見つめて、信兵衛は顎を動かした。すぐに言葉を続ける。

「もしかすると、歯を抜かれた仏の事件と今回の一件は関係しているかもしれぬ」

「えっ、まことですか」

七緒が瞠目《どうもく》する。どういうことか信兵衛が説明しようとしたとき、横合いから足音が響き、お待たせしやした、という善造の元気のよい声が聞こえた。

「旦那、連れてきましたぜ」

善造の後ろに四人の男がいる。善造のすぐあとにいるのが達吉だ。

「あっ」

達吉を見て、七緒が声を上げた。

「どうした、七緒どの」

「い、いえ」

珍しく七緒が言葉に詰まる。

「達吉を知っているのか」

七緒は答えず、黙りこくっている。達吉のほうも、いぶかしげに七緒を見つめている。

その達吉の顔を見て、おや、と信兵衛は声を出した。

「達吉、どうしたのだ。あざをつくっているではないか」

達吉だけではない。手下の三人も同じだ。

「おまえたち、どうしたというのだ。そろって顔を腫《は》らしているではないか。喧嘩《けんか》でもしたのか」

「旦那、なんでもありませんや」

苦い顔でいい、達吉が肩をそびやかした。

目を光らせ、信兵衛は達吉をにらみつけた。

「また悪さをしたのではないだろうな」

信兵衛の顔を見て、一瞬、達吉がびくりとする。あわててかぶりを振った。

「旦那、悪さというほどのものではありませんや」

そのとき七緒がなにかいいかけて、とどまった。それをちらりと見て、信兵衛は達吉にただした。

「まことだろうな」

「ええ、ちょっとあっただけですから」

「なにがあった。そういえば昨日、おぬしにつなぎを取ろうとしたが、四人で外に出ていたな。おとみによると、木挽町へ芝居見物に行ったそうではないか。出先でなにかあったのではないのか」

信兵衛の言葉を聞いて、三人の手下が情けなさそうに面を伏せる。達吉もこの男に似つかわしくない、気弱さを感じさせる顔をしている。

「旦那、話さなきゃいけませんかい」

「話したくないか」

「へい、今は」

「わかった。ならば、きかぬでおこう」

「ありがとうございやす」

どうせまた阿漕なことをしたのだろうな、と信兵衛は素知らぬ顔をして思った。それでなにかしっぺ返しのようなものを食らったに相違ない。

これで少しは懲りるとよいのだが、果たしてどうだろうか。人というのは、同じ過ちを何度も繰り返す生き物だ。あまり期待はしないほうがよいか。

「歯を抜かれた仏の一件は知っているな。おまえたちの代わりに、辰吾《しんご》たちに探索を命じておいた」

「辰吾親分ですかい」

「おもしろくないか」

「いえ、そんなことはありませんや」

「それならいい。——達吉、ここに来る途中、なにがあったか善造から聞いたか」

信兵衛は改めて事件の話をはじめた。

「へい、聞きやした」

「それなら話が早い。この人相書の男が下手人だ」

信兵衛は、懐から取り出した二枚の人相書を達吉に渡した。

「異なる人相書が一枚ずつあるのは、口に綿を含んでいるもの、含んでいないもの、両方を描いたからだ。含んでいないもののほうが、おそらく本人をとらえていると思う。だが、達吉、先入主抜きで探索してくれ」

「承知いたしやした」

「この人相書の男は、腕のいいからくり人形師だ」

「へい、わかりやした」

「見つけたら、知らせろ。勝手な真似はするな。痛い目に遭うだけだぞ」

「よくわかっておりやすよ。——おい、てめえら、行くぞ」

達吉が三人の手下に向かって、腕をさっと振ってみせる。へい、と手下が拳を突き上げるような勢いで応える。

この場を去ろうとした達吉が、気になったように七緒に目を当てた。少し考え込んでから軽く首をひねり、思いを払うように足早に歩き出した。

「今の人たちは」

首を伸ばして達吉たちを見送った七緒がきいてきた。

「俺が使っている岡っ引だ」

「岡っ引だったのか……。やくざ者ではなかったのね」

「人相がよいとはいえぬゆえ、確かにそう見えるが、やくざではない」

七緒の物言いに引っかかるものを覚え、信兵衛はすぐさまたずねた。

「七緒どの、先ほどもきいたが、もしや達吉たちのことを知っているのではないか」

だが、七緒はなにもいわず、口を引き結んでいる。

七緒を見つめているうちに、なにがあったのか、信兵衛にはなんとなく話の筋が見えてきた。

きっと七緒も昨日なにか用事があり、木挽町に行ったのだろう。そして達吉たちが悪さをしているところに、偶然、行き合ったのではないか。

やくざ者が悪事をはたらいていると見た七緒は、見過ごすことができず達吉たちをさんざんに懲らしめた。

手ひどくやられた達吉は仕返しをするために匕首を抜いたが、結局、七緒にさらに痛めつけられて終わったのだろう。

達吉は匕首の扱いに慣れ、使いこなすと聞いている。その達吉を一方的に打擲《ちょうちゃく》できるなど、相当の腕前でないとやれぬはずだが、その点、七緒はこの道場で師範代をつとめるほどの業前である。達吉たちを叩きのめすことなど朝飯前だろう。

達吉のほうでも七緒に見覚えがあり、もしや、という思いを抱いたのだろうが、確信はない様子だった。七緒は頭巾かなにかで顔を隠していたにちがいない。

そういうことだったか、と信兵衛は納得した。達吉が話したくないというのも、道理である。一人の女に大の男四人が素手でぶちのめされたのなら、誰だって口を閉ざしたくなろうというものだ。

もし七緒が刀を抜いていたら、達吉は腕の一本も失っていたのではあるまいか。

「事情はよくわかった」

信兵衛は静かに告げた。

「えっ」

七緒が意外そうに目を見開く。

「七緒どの、もしまた同じことがあったら、とことんやってくれていい。そのくらいやらぬと、あの者らは性根が直らぬ」

「和倉さまは、なにがあったのか、本当におわかりになったのですか」

「うむ、だいたい合っていると思う」

「さようですか。さすが和倉さまですね」

七緒は、観音さまのような穏やかな笑みを浮かべている。善造は、この二人はなにをいっているのだろうといいたげな顔つきをしている。

ふと思いついたように七緒が問うてきた。

「和倉さま、これからどうされるのですか」

「歯のない男の一件に戻らねばならぬ」

よく光る瞳で七緒がじっと見る。

「和倉さまは、本当は人任せにせず、からくり人形師の行方を捜したいと考えておられるのではありませぬか。きっと、歯を抜かれた男の人の一件に力を注ぐ理由がおありなのですね」

「鋭いな。歯を抜かれた仏の一件は、府内を騒がす大きな事件だ。それゆえ、早急に解決する必要に迫られている」

上から強くいわれているのだろうな、と察したような顔で七緒が顎を引く。

「先ほど和倉さまは、歯を抜かれた男の人の一件とこたびの一件は関係があるやもしれぬとおっしゃいました。あれはどういうことでしょうか」

そのことは初耳の善造も信兵衛をじっと見た。

「七緒どのは知っているか。からくり人形師は、入れ歯師でもあるのだ」

「さようなのですか。入れ歯……。入れ歯をつくるために、殺された人は歯を抜かれたと和倉さまはお考えなのですか」

「まだそこまでは考えておらぬ。だが、こたびの一件と歯を抜かれた仏の一件とは、なんらかのつながりがあるのではないか。すべての歯を抜かれて人が殺された直後、入れ歯師でもあるからくり人形師があらわれて犯罪を行う。偶然とは、とても思えぬのだ」

それを聞いて、七緒が首肯する。

「和倉さまのおっしゃる通りだと思います」

「――では七緒どの、我らはこれで行く」

「和倉さま、ご足労、まことにありがとうございました」

ふと気づいて信兵衛は七緒をじっと見た。

「あの、なにか」

その強い眼差しに七緒が戸惑《とまど》ったようにきく。

「七緒どの、おぬしは好奇の心が強いたちであったな」

「それは否定しませぬ」

「兄上の一件の調べも、自分で進めているのではなかったか」

「確かに以前は一所懸命に調べておりました。でも今は、手がかりがなにもつかめないものですから……」

停滞しているということだろう。またも信兵衛は申し訳ない気持ちになった。

「七緒どの、もしやこたびの一件も探索に乗り出すつもりではないのか」

「さて、どうでしょうか」

とぼけたつもりか、七緒が小首をかしげる。

「やめておいたほうがいい。七緒どのは遣い手と評判だが、やはり危ういことに変わりはない」

釘《くぎ》を刺してはみたものの、七緒は肯《がえ》んじない。これは聞き入れる気はないな、と信兵衛は覚った。

致し方なかろう。七緒は幼子ではない。十七の娘である。このくらいの歳になれば、自分で判断し、動くのは当たり前のことに過ぎない。

自分も十二の歳に奉行所に見習いとして出仕し、今の七緒の頃には自らの考えで行動していた。

七緒は昔の自分とは比べものにならないほど、しっかりしている。

大丈夫だろう、と信兵衛は信じた。

三

それにしても、と足を速めつつ七緒は思った。まさか木挽町で痛めつけた男たちが、和倉さまの岡っ引だったなんて、考えもしなかった。

また悪さをしていたらとことんやってくれればいいという意味のことを信兵衛はいったが、配下の岡っ引だとわかった今、果たして同じことができるものなのか。

口ぶりから、信兵衛は岡っ引の類《たぐい》はあまり好きではないというのが知れた。確かにあの手の連中は、もともとが悪人といっていい者でしかない。正義の心が特に強いように思える信兵衛には、岡っ引の類を使って犯罪の探索を行うということに、きっと受け入れがたいものがあるのだろう。

一軒の店の前で、七緒は足を止めた。

路上に出ている招牌《しょうはい》には『肝煎所《きもいりどころ》　平居屋《ひらいや》』と記されている。

平居屋の間口は三間ばかりあり、七緒の知っている口入屋と比べてかなり広い。手広く商売をしているのだろう。

「ごめんください」

暖簾を払うと、目の前は黒光りする土間になっていた。

「いらっしゃいませ」

七緒を見て、奥から姿を見せた番頭らしい男が目を輝かせた。

「お仕事をお探しですか」

「いえ、そうではないのです」

番頭は拍子抜けの顔になった。七緒を、妾奉公《めかけ》を求めてやってきた娘と勘違いしたのではあるまいか。七緒を上玉の娘と見て、いい商売になると踏んだにちがいない。

「では、どういうご用件でしょう」

根が親切なのか、番頭の丁重な口調は変わらない。

「私は秋重七緒といいます」

「ああ、もしや五丁目にある秋重さまの道場のお嬢さまですか」

「お嬢さまというほどの者ではないですけど、はい、さようです」

「よくいらしてくださいました。確か、おじいさまと二人で暮らされているのではありませんか」

「よくご存じですね」

「ここは二丁目ですが、同じ赤坂新町のことはできるだけ知っておきませんと、なかなか商売につながりませんので。つまりは下心から存じているのですよ」

「下心などとんでもない。すばらしい心がけですね」

「ありがとうございます。それで秋重さま、ご用件というのは」

「それが、ちょっとうちのことをうかがいたいと思ってやってきたのです」

「とおっしゃいますと」

「うちの家屋敷は道場込みで二十年前に祖父が居抜きで購入したそうですが、前の持ち主が誰だったのか、知りたいと思ったのです」

「ああ、さようでございますか。確か、秋重さまの道場はうちが周旋したものではないと思いますよ。二十年前ですと、手前はまだ手代になって間もない頃ですが、道場の周旋は一度も手がけなかったと存じます」

「うちの家屋敷に以前はどのような方が住んでいたか、それもご存じないですか」

「はい、申し訳ございません。手前にはわかりかねます。あるじなら知っているかもしれませんが、今はちょっと床に伏せっているものですから」

「ご主人が。さようですか。お加減はあまりよろしくないのですか」

「お医者は安静にしていればいいとおっしゃってくれていますが、歳が歳だけになかなか快復いたしません」

「わかりました。お手間を取らせて、すみませんでした。ありがとうございました」

きびすを返そうとした七緒を、番頭が呼び止めた。

「あの、もしかしますと、秋重さまのところの家屋敷を周旋した口入屋はわかるかもしれません」

意外な言葉に七緒は喜色をあらわにした。

「まことですか」

「はい。うちはお武家に奉公人を斡旋《あっせん》することを得手にしております。奉公人の斡旋よりも、物件の周旋を得意にしている口入屋もあるのですよ。ここからさほど遠くはありませんから、お訪ねになったらいかがです」

「ありがとうございます。訪ねてみます。どちらですか」

「今井《いまい》三谷町《みたにちょう》の八馬屋《やまや》という口入屋です。今井三谷町はおわかりですか」

「はい、わかります。足を運んだことがあります」

「八馬屋さんは、明福寺《みょうふくじ》といぅお寺さんの裏にあります」

「ご丁寧にありがとうございます。では、これで失礼いたします」

「はい、お気をつけていらしてください。――秋重さま、口入れのことでご用命があれば、遠慮なくお申しつけください」

「はい、なにかあれば、必ずこちらで頼むようにいたします」

こういうふうに親切にされると、人というのは恩返しがしたくなるものだ。もし人を頼むようなことがあれば、必ずこの店にしよう、と心に決めて七緒は平居屋をあとにした。

道を南に下り、四半刻足らずで七緒は今井三谷町にやってきた。

こぢんまりとした寺だが、明福寺はあっさりと見つかった。

背の低い塀に囲まれた寺の裏手に、八馬屋という看板が出ていた。

焦げ茶色の暖簾が風に揺れている。それを払って、七緒は八馬屋に足を踏み入れた。

「失礼します」

「はい、いらっしゃい」

威勢のいいしわがれた声がし、歳の頃なら七十をいくつか過ぎているのではと思える、頭をつるつるにした年寄りが杖《つえ》を突いて近づいてきた。線香のにおいが濃く漂う。

「これはまたきれいな娘さんじゃなあ」

年寄りが幼子のような顔で笑う。この人がこの店のあるじだろうか、と七緒は面映《おもは》ゆさを感じつつ思った。

「あたしが男だったら、お妾さんにしたいくらいじゃなあ」

えっ、と七緒はまじまじと目の前の年寄りを見直した。おばあさんだったのか。

がははは、といきなりばあさんが豪快に笑ったから、七緒は面食らった。

「娘さん、私のことを男だと思ったんじゃろ」

「えっ」

「無理はないわの。頭をつるつるにしているし、ごつい顔をしているし。声も男のようにしゃがれておるしな」

「すみません」

「娘さん、謝る必要なんかありませんよ。こんな形《なり》をしている、あたしのほうが悪いんじゃ。――それで娘さん、なにをしに見えた。仕事をお探しか。娘さんほどの美人なら、お妾奉公はそれこそ選び放題ですよ」

「いいえ、仕事ではないのです」

「それなら、どのような用で。その前に名乗っておきましょうかな。あたしはこの店のあるじの弥栄《やえ》といいます。どうぞ、お見知り置きを」

すぐさま七緒も名乗り返した。あえて名字は口にしなかった。

「七緒さまですか……」

弥栄は記憶の井戸をほじくり返しているようだったが、水脈を探り当てることはできなかったらしい。七緒に確かめてきた。

「七緒さまは、あたしとはお初ですね」

「はい、初めてお目にかかります」

「ああ、よかった。会ったことがあるのに覚えていなかったら、どうしようかと思った」

胸をなで下ろしている。

軽く顎を引いてから、七緒は話しはじめた。

「あの、二十年前になるのですが、八馬屋さんは赤坂新町五丁目の道場の周旋をしたことがおありですか」

「二十年前……。赤坂新町五丁目……」

ああ、と弥栄が声を上げた。

「覚えていますよ。秋重さまがお買いになった道場ですね」

「さようです」

秋重という姓も、しっかりと出てきた。これだけ記憶が明瞭ならば、この先も期待が持てそうだ。

「七緒さまは、もしやあの道場のお嬢さんですか」

「はい、当主の孫娘です」

「お孫さんですか……。でも七緒さま、あの道場は、実はうちが周旋したわけではないのですよ」

意外なことを告げられ、七緒は戸惑った。

「そうなのですか」

「はい。秋重さまのところは、多牧屋《たまきや》さんという同業者が話をまとめたのですよ。うちにも、売り主から売ってほしいという依頼はきましたけどね」

「多牧屋さんは今どうされていますか」

「残念ながら、ご主人が亡くなったあと急に傾いて、潰れてしまいましたよ」

「多牧屋のご主人が亡くなったのは、いつのことですか」

「もう十年ばかり前になりますね」

「でしたら、道場について詳しい話は聞けないということですか」

「はい、残念ながらそういうことになりましょうか。——道場について、とおっしゃいましたが、七緒さまは道場のどのようなことをお知りになりたいのですか」

「前の持ち主です」

「ああ、それならあたしでもわかりますよ。あそこは大蔵正覚《おおくらしょうかく》さんという人が持っていたのです」

ということは、と七緒は思った。あの巻物は大蔵正覚という者が隠したのか。

「大蔵正覚さんは、どのようなお方ですか」

「表向きは剣術の師範ということでしたけど、どちらかというと、祈禱師《きとうし》といったほうがいい方でしたね」

「祈禱師ですか」

では、持ち去られた巻物は祈禱に関係するものなのか。たとえば、必ず人を呪い殺すことができるというような秘術が記されているのならば、是が非でもほしがる者はいくらでもいるだろう。いくらでもいるということは、金になるということだ。奪っておいて損は決してない。

「山伏といってもいいと思います。剣術の流儀は妙義流《みょうぎりゅう》といいました。山伏の修行の場として名のある上野国《こうずけのくに》の妙義山から取ったものでしょう」

「上野の妙義山……」

「その口ぶりでは、七緒さまはいらしたことはないようね」

「はい、ありません」

「実はあたしもないの。小さな山がいくつも連なって鋸《のこぎり》の歯のようにぎざぎざした形をつくっているらしいのですよ。そんな妙な形をした山だから、昔から霊山としてあがめられて、今も山伏たちが荒行に励んでいるそうよ。高さは四百丈あるかないかくらいだって、聞いたことがある」

　さようですか、と七緒はいった。

「大蔵正覚さんは道場を売られたあと、どうされたのですか」

「さあ、わかりません。どこかに行ってしまいました。多牧屋さんならわかるかもしれませんけどね。大きな声ではいえないですけど、正覚さんは亡くなったのではないかという噂もありますよ」

　だいぶ前の話である。そういうことがあっても不思議はない、と七緒は心の中でうなずいた。

「山伏というと、道場で正覚さんはその手の修行をしていたのですか」

「いえ、何人かの主立った門人と一緒に護摩《ごま》を焚いたりして、お客さんを取っていたのですよ。家内安全、商売繁昌《はんじょう》、病平癒《へいゆ》、大願成就、開運祈願に厄除《やくよ》けといったところでしょう。とにかく、なんでもありだったようですね。夜に行うことがほとんどで、ずいぶん怪しげだったという話も聞きましたよ」

そうですか、と七緒はいった。

「正覚さんは、どうして家屋敷を売ったのですか」

「それがわからないのですよ。商売は繁盛していたといいますからね、お金に困っていたとは思えないのですよ。家屋敷を売っ払ってお金を手に入れたら、あっという間に行方は知れなくなってしまったみたいですよ」

下を向き、七緒は少し考えた。

「正覚さんに家人はいたのですか」

「いえ、おりません」

「門人がいたとのことですけど、消息がわかっている人はいらっしゃいますか」

「いえ、私は存じません」

「多牧屋さんには、ご主人以外に奉公人がいたのではありませんか」

「もちろんおりました。七緒さまは奉公人の消息をお知りになりたいのですか」

「はい、そうです」

杖を壁に立てかけ、男のように腕組みをして、弥栄が考えに沈んだ。

「今はちょっと思い出せませんけど、なんとなく見つかるんじゃないかって気がするんですよ」

「さようですか」

七緒は目を輝かせた。それを見て、弥栄がまぶしそうにする。

「七緒さまは本当におきれいですね。今おいくつですか」

「十七です」

「娘さんがいちばん輝く時期ねえ。七緒さま、許嫁《いいなずけ》は」

「いえ、そういう人はおりません」

「確か兄上さまがいらっしゃったとうかがいましたけど……」

「はい、おりました。でも亡くなりました」

「さようでしたか。噂では耳にしていたのですけど、本当だったのですね」

我がことのように弥栄がうなだれる。すぐに気づいたように顔を上げた。

「下手人は捕まったのですか」

「いえ、まだです」

「それは残念ですね」

弥栄ががくりと肩を落とす。悔しげに声を漏らした。

「町方はいったいなにをしているの。まったく頼りにならない。無実の人を捕まえては打ち首にしているのに」

「えっ、そのようなことがあるのですか」

「七緒さまはご存じではありませんか。御番所に捕らえられる人の半分は濡衣ではないかといわれていますよ」

そんなに、と七緒は言葉が出なかった。

いま町奉行所の非難をしても仕方がないと思ったのか、弥栄が話題を元に戻した。

「——道場は、七緒さまが継がれるのですか」

「は、はい、そういうことになります」

「婿の当てはあるのですか」

「いいえ、ありません」

「やっぱり剣術ができる人がよろしいのでしょうね」

「はい、できれば」

「すみません」

いきなり弥栄が頭を下げた。

「どうしたのですか」

驚いた七緒はあわててきいた。

「いえ、話が横道にそれてしまって。まったく年寄りはこれだからいけません」

照れくさいのか、弥栄が空咳をした。

「あの、七緒さまは正覚さんのことをお聞きになりたいのですね。そうすると、正覚さんのことを詳しく知っている人がいれば、多牧屋さんの元奉公人でなくても、かまわないということですね」

「はい、その通りです」

「でしたら、なんとかなるような気がいたします。わかったら必ずつなぎを入れます。お待ちいただけますか」

「もちろんです。よろしくお願いいたします」

弥栄の優しい言葉が胸にしみ、七緒は深々と頭を下げた。

「七緒さま、お任せください」

肉づきがよく、たくましさすら覚える厚い胸を、弥栄が拳で叩いた。どん、と太鼓のようにいい音が響く。

なんて頼もしいのだろう、と七緒は心が明るくなるのを覚えた。

この人に任せておけば、まちがいない。七緒は掌中にするように確信した。

四

足をゆるめ、あたりを見回した。

「ちょっと休むか」

達吉がいうと、謹三が驚きの顔になった。

「えっ、もうですかい。和倉の旦那と別れたのは、ついさっきですぜ」

「ちょっと、してえことがあるんだ」

「してえことって、なんですかい」

「すぐにわかる」

立ち止まり、達吉はすぐそばの神社に目を当てた。

「そこでいい。ちんまりとして、なかなか居心地のよさそうな神社じゃねえか」

四人でぞろぞろと鳥居をくぐり、小さな本殿の階段に腰かけた。涼しい風が渡ってきて、心地よい。神社というのは、気持ちが落ち着く場所が多い。これはどうしてなのだろうか。

「旦那、謹三もいいましたけど、なにをしようっていうんですかい」

関心を抱いた顔で扇兵衛《せんべえ》がたずねる。

「絵を描くんだ」

「旦那が絵を描くんですかい」

「そうだ、文句あるか」

「信じられねえですよ」

あっけにとられた様子の扇兵衛が、目と口を大きく開く。

「親分、絵は得手でしたっけ」

「もちろん得手よ。知らなかったか」

「ええ」

「いま俺の実力を見せてやる。目ん玉、ひんむいてよく見ておきな」

「でも絵だなんて、なんで急にそんな気分になったんですかい」

「人相書を描かなきゃいけねえからだ」

「人相書なら、先ほど和倉の旦那からいただいたじゃないですか」

「もらったのはただの一枚ずつだ。それじゃあ足りねえ」

「えっ、そうなんですかい」

「そうなんだよ。――おい、半吉《はんきち》。矢立をよこしな」

へい、と答えた半吉が腰から外し、矢立を手渡してきた。

「親分、紙はあるんですかい」

「抜かりはねえ」

懐に手を突っ込み、達吉は二枚の更《さら》の紙を取り出した。それから二枚の人相書をつかみ出す。

「半吉、この人相書をしっかりと持ってな。俺からよく見えるようにしとくんだ。動かすんじゃねえぞ」

へい、と半吉が人相書を達吉の前に掲げた。

「うん、それでいい」

紙を回廊の上に置いた達吉は人相書をにらみつけ、更の紙にできるだけ忠実に同じ顔を描いていった。

「親分、意外っていっちゃあ、いけねえんでしょうけど、けっこううまいですね」

感嘆の気持ちを隠さずに謹三がいう。

「あたぼうよ。けっこう、ってのは余計だがな。俺はちっちぇえ頃から絵は得意だったんだぜ」

「そうなんですかい。でも旦那、どうして人相書の写しを描こうなんて思ったんですかい」

きいてきたのは扇兵衛だ。

「二手に分かれるつもりだからだ。そのほうが、この人相書の男を見つけるのは早かろう」

「それはそうでしょうね」

うんうんと扇兵衛が同意する。

「親分にしては、よく考えましたね」

「親分にしては、ってのはどういう意味だ」

「どういう意味もなにも、言葉通りの意味ですけど」

筆を持つ手を止め、達吉は扇兵衛の頭を殴《なぐ》りつけた。

「いたたた」

悲鳴を上げて扇兵衛が頭を抱える。

「てめえ、俺がよほど頭が悪いって思ってやがんな」

「そんなことはありませんぜ。旦那は、いうほど頭は悪くありませんよ。大してよくもないですけど」

「扇兵衛、てめえはいつも一言多いんだよ。また殴られてえのか」

「いえ、けっこうです」

亀のように扇兵衛が首を縮める。

「なら、口を閉じてな」

「わかりやした」

筆を再び握り、達吉は人相書の写しをはじめた。

「よし、半吉、そいつはもう終わった。もう一枚の人相書を描くぞ。——おい、謹三、この描き終わったやつはおめえが持ってろ。墨が乾くまで、たたむんじゃねえぞ」

「へい、わかりやした」

もう一枚の更の紙を回廊に広げ、達吉はまた筆を使いはじめた。

「親分」

乾いた人相書を懐にしまい込んで、謹三が呼びかけてきた。

「なんだ、うるせえぞ。気が散るじゃねえか」

「すみません」

謹三が口をつぐむ。

「なんだ、謹三。いいてえことがあったら、さっさといいな」

「へい、わかりやした。さっき会った道場の娘っ子なんですけど」

ぎらりと目を光らせたが、達吉は口調だけは平静を保った。

「うん、あの娘がどうした」

「橙頭巾に似ていませんでしたかい」

「似ていたな。いや、あの娘はまちがいなく橙頭巾だ。向こうも、俺たちのことを覚えてやがったからな」

「やっぱり」

「剣術道場の娘だ。おっそろしく強《つえ》えのは、当たり前だ」

目を大きく見開いて、謹三が顔を近づけてくる。

「親分、どうしやすかい」

「どうするって、なんのことだ」

「親分、とぼけっこは、なしですよ。だって、橙頭巾をこのまま放っておくわけにはいかねえでしょう。あっしらにも、面目ってものがある」

「おめえは、橙頭巾に最初にのされちまったじゃねえか。そんなおめえに面目なんてものがあるのか」

「あっしがやられちまったのは、背後から不意を突かれたからですぜ。あのあま、まったく汚え手を使いやがる。あっしは、なんとしてもやり返してえ。だって、殴られただけじゃねえんだ。顔もひどく踏みにじられたんですぜ」

「あれはかわいそうだった。だが謹三、橙頭巾は和倉の旦那の知り合いだぞ。二人はずいぶんと親しげだった」

「あの道場の当主だった人が殺されたじゃないですか。二人は、そのときからのつき合いじゃありませんかい」

「当主が殺された……。ああ、そんなこともあったな。左足を切断されるってえ、むごい殺され方だった。俺たちも探索に加わったが、結局、下手人は挙がらずじまいだった」

「親分、和倉の旦那の知り合いだからって、橙頭巾に仕返しはしないんですかい」

「気が進まねえ」

「どうしてですかい」

「勝てねえだろう」

「今度は勝てますって。全員で一斉にかかれば、楽に勝てますぜ。昨日は酔っていましたけど、素面《しらふ》なら」

「いや、無理だな。酔っていたとはいえ、俺の匕首の鋭さに変わりはなかった。それなのに、すべて橙頭巾に見切られた。どんなに背伸びしても、俺はあの女の足元にも及ばねえ」

「親分らしくもねえ」

目を険《けわ》しくしていったのは半吉である。

「半吉、言葉に気をつけな」

「だって親分、次はその頭巾をはいでやるって、啖呵《たんか》を切ったじゃないですか」

「あれは威勢のいい言葉を並べただけよ。中身はねえ」

「いってえどうしちまったんですかい、親分。そんな弱気は似合いませんぜ」

「弱気にもならあな。俺の必殺の匕首は、すべてよけられちまったんだぜ。あんなこたぁ、なにしろ初めてだ。それによ――」

ため息をついて達吉は言葉を切った。

「俺は和倉の旦那を怒らせたくねえ」

「えっ、親分、和倉の旦那が怖いんですかい」

「半吉、おめえは怖くねえのか」

「ええ、あんまり」

「おめえは和倉の旦那のことはろくに知らねえからな、仕方あるめえ」

「和倉の旦那って、そんなに怖いんですかい」

「ああ、あの人は恐ろしい人だぜ。心に底知れねえ闇を抱えてやがる。その人と親しい女に手を出せるわけがねえだろう。どんな目に遭《あ》わされるか、知れたものじゃねえ」

その言葉を聞いて、扇兵衛がまじまじと達吉を見つめる。

「扇兵衛、なんだ、その顔は」

「もしかして親分──」

「なんだ」

「橙頭巾に、惚れちまったんじゃないんですかい」

「ばっきゃろー」

左の拳を高々とかざして、達吉は大声を張り上げた。

「そんなこと、あるわけねえだろう。なんで手ひどくやられた女に、惚れなきゃいけねえんだ」

「だって親分は、痛ければ痛いほど心地よさを覚えるたちじゃないですかい。これ以上ないほどこっぴどく殴られて、逆に恋慕の思いを抱いちまったんじゃないんですかい」

「そんなこたぁねえ。あるわけがねえ。馬鹿か、おめえは」

その声が聞こえなかったかのように扇兵衛、謹三、半吉の三人が輪をつくって顔を寄せ合った。ひそひそと話をはじめたが、三人とも地声が大きいために丸聞こえだ。

「親分、本当に惚れちまったみてえだぞ」

「ああ、橙頭巾に最後にいわれた、お天道さまの下を堂々と歩けるって言葉を、真に受けちまったんだな」

「これまでしてきたことを考えれば、本当にお日さまの下を歩けるようになるわけねえのにな」

「どうするよ。腑抜《ふぬ》けの親分だぜ」

「ああ、頼りにならねえ」

「てめえらっ」

叫びざま達吉は三人の輪に首を突っ込み、扇兵衛と謹三の首根っこをつかんだ。

「俺さまを見限るつもりか」

「いえ、そんなことはありやせん」

しらっとした顔で扇兵衛が答える。

「あっしらはどこまでも親分についていきやすぜ」

「本当か」

「ええ、嘘はいいやせん」

「それならいい。安心したぜ」

達吉は手を離した。扇兵衛と謹三が首筋をさする。

「親分も人の子だ。独り身だし、娘っ子に惚れても仕方がねえですよ」

したり顔で半吉がいう。

「惚れてねえっていってるだろうが」

「そういうことにしておきましょうや。ところで親分、人相書は描き上げたんですかい」

「おう、もうできてるぜ。こいつだ」

回廊から人相書を拾い上げ、達吉は三人に見せた。

「どうだ」

「うまいですね。さすが親分だ」

「よし、謹三、こいつも持て」

達吉は謹三に、新たに描き終えた人相書を渡した。

「よし、おめえら、今から探索をはじめるぞ」

「へい」

「謹三と扇兵衛が一緒に動け」

いうなり、達吉は謹三の背中をどやしつけた。痛《いて》え、と謹三が悲鳴を上げる。間髪を容れず達吉は扇兵衛の背中を平手でばしんと叩いた。あいたたた、と扇兵衛が背筋を反らす。

「気合を入れてやったんだ。いいか、わかっているだろうが、決して怠けるんじゃねえぞ。精を出すんだ」

「へい、大丈夫です。怠けはしやせん」

まだどやされていない半吉が、あわてて答える。

「半吉、おめえは俺と一緒だ」

「えっ、そうなんですかい」

「いやか」

「とんでもない」

「よし、行くぞ、おめえら」

へい、と三人が声を合わせる。


腰をかがめ、達吉は男の子に顔の高さを合わせた。

「本当か。本当にこの男を見たのか」

「うん、まちがいないよ」

「もう一度見てくれ。本当にまちがいねえか」

いわれて男の子が人相書を手に取る。

「うん、この人だよ」

頬がこけたほうの人相書である。

「どこで見た」

「そこの家」

男の子が、半町ばかり先のかなり大きな家を指さした。

「大したお屋敷だな。本宅じゃねえのはまちがいねえ。別邸だな」

ぐるりを高い塀が巡っている。瓦屋根が秋の日を穏やかにはね返していた。

「あの屋敷のあるじは誰だ」

「江崎屋《えざきや》さん」

「江崎屋って聞いたことありやすね」

首をひねって半吉がいう。

「そりゃあるだろうな。でけえ油問屋だ。扱う油の量は、江戸でも十本の指に入るっていわれてるくれえだ」

「ああ、さいでしたね」

「なんでその江崎屋の別邸に、からくり人形師がいるんだ」

「勝手に入り込んでいるんだよ」

別邸を見つめて、男の子が怒ったようにいった。

「忍び込んだところを、おいらは見たんだ」

「そこの別邸、普段は人がいねえのか」

「うん、誰もいないよ。江崎屋さん、別邸が多すぎて人手が足りないんだよ。こんなに立派なお屋敷なのに、空き家だもん」

「人けがないのか。そりゃ身を隠すのに好都合だな」

「親分、どうしやすかい。忍び込みやすかい。それとも、和倉の旦那を呼びますかい」

どうするか、と達吉は迷った。目を男の子に転じて、呼びかけた。

「おい、小僧」

「小僧じゃないよ。与平《よへい》ってちゃんとした名があるよ」

「じゃあ、与平。ここはどこだ」

「桜田町《さくらだちょう》」

「麻布桜田町かい。そうかい、気づかねえうちにずいぶん遠くまで来たもんだぜ。ちと張り切りすぎたか」

これから信兵衛をここまで呼ぶとなると、かなりときがかかるだろう。そのあいだに、人相書の男に逃げられてしまうかもしれない。

いや、その前に本当に人相書の男が江崎屋の別邸にひそんでいるのか、確かめなければならない。

「まずは確認だな。和倉の旦那を呼んで、空振りだったというのは避けてえ」

「それはそうですね」

「おい、小僧。じゃねえ、与平」

「なんだい」

「桜田町に自身番はあるか」

「あるよ」

「だったら、ひとっ走り行ってくれ。俺たちは御上の御用を承っている者だ。忍び込むことを自身番の者に知らせておいてくれ。今から忍び込むが、半刻たっても戻ってこねえときは、自身番の者を屋敷の中に入れてくれ。俺たちになにかあったってえことだ」

「うん、わかった」

達吉を見上げ、与平が手のひらを差しだしてきた。

「なんだ、それは。ああ、駄賃か。わかったよ、ほれ」

手下に小遣いをやるときのために、達吉は常におひねりを用意している。それを与平の手のひらに置いた。

「ありがとう、親分」

「さっさと行きな」

うん、と答えて与平が走り出す。

「与平のやつ、足が速《はえ》えな」

「本当ですね。あっという間に消えちまいましたぜ」

ふう、と息をついて達吉は半吉を見た。

「よし、忍び込むぜ」

「ええ、行きましょう」

「半吉、無理はするな。おめえを危ねえ目に遭わせたくねえ」

「親分も気をつけてくださいね」

「わかってらあ」

達吉は自信満々に請け合った。


その四半刻後、埃《ほこり》をかぶった座敷で達吉と半吉の二人は血を流して横たわっていた。

「半吉……、でえじょうぶか」

「痛え、痛え」

「半吉、どこをやられた」

這いずって達吉は半吉に近づいた。仰向けになっている半吉が、薄暗い中、ぼんやりと見えた。

「肩と腰のあたり……」

さらに半吉に近づくと、どろりとしたものが、達吉の肘についた。見ると、肘は赤黒く染まっていた。

こいつはいけねえ、と達吉は思った。血を止めないと、半吉は死んじまう。

「お、親分はどうなんですかい。どこをやられたんですかい」

「俺も肩をやられた」

「だ、大丈夫ですかい」

半吉の息はせわしく、話をするのも苦しげだ。

「半吉、もうしゃべるな。じっとしてろ。いま俺が血を止めてやる」

「おいら、血が出てるんですかい」

「そりゃ出てるさ。刀にやられたんだ」

「刀は怖いですねえ。真剣なんて、久しぶりに見ましたよ。でも親分、傷は痛くなくなってきましたよ。なんか冷たくもあるんですよねえ。ああ、眠くなっちまった」

「半吉、眠るんじゃねえぞ」

「でも、気持ちいいんですよ」

「眠ったら、死ぬぞ」

「えっ、そうなんですかい」

驚いて、半吉が首を持ち上げた。まだそれだけの力があることに、達吉は安堵した。

「そうだ。だからずっと目を開けてろ」

達吉は自分の帯を外し、半吉の左肩をまず縛った。これで肩の血はとまるだろう。

「おい、半吉。てめえの帯を借りるぞ」

だが、半吉から応えはない。

「おい、起きろ」

ぺしっ、と達吉が頬を叩くと、半吉が目を開けた。

「痛え」

「眠るなっていってるだろうが」

「すみません」

「半吉、なにかしゃべってろ。そのほうが気が紛れていいだろう」

「さっきはしゃべるなっていったじゃないですか」

「俺は気まぐれなんだよ」

達吉は、半吉の帯で左足に縛《いまし》めをした。

を縛り上げた。

「これでよし」

「親分はどうするんですかい」

「俺はこうする」

畳に座り込んだ達吉は自分の着物を嚙んで引き裂き、一本の紐をつくった。それで左肩を縛り上げた。

「ふう、痛えや」

「親分は頼りになりやすね」

「馬鹿、あっさりと斬られちまったのに、どこが頼りになるんだ」

「だって、傷の手当をしてくれたじゃないですか」

「そりゃ、傷を負った手下を放っておくわけにはいかねえじゃねえか」

「助けは来ますかね」

「来なきゃ、俺が呼びに行く」

「行けますかい」

「行かなきゃなるめえ」

薄闇の中、半吉が目をつぶったのがわかった。おい、と達吉は声をかけた。

「半吉、寝るんじゃねえ」

だが半吉は答えない。

「おい、半吉」

あわてて近寄った。

「おい、嘘だろ」

ぱちりと半吉が目を開けた。へへ、と笑う。

「親分、驚きましたかい」

「てめえ、殺すぞ」

はあ、と半吉が吐息を漏らした。

「しかし、からくり人形師のくせにすごい腕でしたね」

「ああ、驚いた」

「あっしらは忍び込んだつもりになっていましたけど、あの男にはすべてわかっていたんですね」

「ああ、とんでもねえ腕だった。ありゃ、元は武家だな」

「武家ですかい。そりゃ、強いはずだ。でもあっしらを殺しませんでしたね」

「俺たちはちょこまかと動き回ったからな。とりあえず傷を負わせて動けなくしておきゃあいいと思ったんだろう」

「でも結局は子供扱いされましたねえ」

半吉が悔しげに唇を嚙む。

「あの野郎、必ずとっ捕まえてやる」

「その意気だ、半吉」

それにしても、からくり人形師はこの別邸に一人でいたのか。もう一人、男がいたような気がするが、勘違いだろうか。

達吉の思考を断ち切るように、遠くで物音がした。親分、と呼ぶ与平の声がする。

「ああ、よかったな、半吉。助けが来たようだぜ」

「ありがてえ。しかし、親分だなんて、与平はすっかり子分気取りですねえ」

「もうちっと大きくなったら、子分にしてやるか」

「さいですかい。だったら、ようやくあっしにも弟分ができるってわけだ」

「うれしいか」

「そりゃうれしいですよ」

与平の声はどんどん近づいてくる。

「与平、ここだ」

叫んだ途端、全身の力を使い果たしたように達吉の体はいうことをきかなくなった。こんにゃくのように、ぐにゃりと達吉は畳にうつぶせになった。

このまま眠りたい気分だ。

ああ、気持ちがいいな。

――よし、寝てやるか。

右腕で枕をつくり、達吉は静かに目を閉じた。

第三章

一

これが夢だとわかっている。
それでも七緒は、きかずにいられなかった。
兄上、あれはどこのお団子なの。
いずれ知れる。
いま教えて。
それに答えることなく蔵之進が手を上げた。
えっ、もう帰ってしまうの。
——七緒、客人だ。

きびすを返し、蔵之進が光あふれる穴に入ってゆく。扉が閉まるように光が狭まり、蔵之進の姿は見えなくなった。

ああ、と七緒は吐息を漏らした。

はっとした。

いま兄上は、客人といわなかったかしら。

足の先がひんやりと冷たく、もっと寝ていたかったが、七緒は無理に目を開け、布団の上に起き上がった。

部屋は暗く、雨戸の穴や隙間《すきま》から一条の光すら漏れていない。明け六つと同時に稽古をはじめる門人たちの会話や物音も、一切、聞こえてこない。夜明けまで、まだ半刻近くはありそうだ。

ただの夢と切り捨てることもできるが、蔵之進の言葉には、うつつのような重みが感じられた。

行灯に火を入れ、七緒は手早く着替えを済ませた。刀を腰に差し、行灯を消して部屋を出る。廊下を渡りつつ耳を澄ませたが、人の気配は感じられない。

それでも足を止めることなく進み、玄関脇の客間に入って行灯をつけた。

——これでよし。

敷石を踏み、門を開ける。夜の勢威を誇示しているかのようにおびただしい星が輝く空には、いまだ白みは一片たりとも見られない。目の前には闇がずしりと横たわり、七緒の行く手を阻んでいる。

七緒は、星明かりで薄ぼんやりと浮いたように見える道に目を凝らした。さすがに、この刻限では人の気配はまったくない。

だが、七緒はその場をじっと動かずにいた。

やがて足音が響いてきた。

——来た。

右手から、黄色い光輪が近づいてくるのが見えた。杖を突くような音もしている。提灯の主の足の運びがゆっくりなのは、そのためだろう。

杖といえば、と七緒は思い出した。口入屋八馬屋のあるじ弥栄ではないか。

もしや、と期待が高まる。

提灯がすぐ間近まで近づいてきて、その背後に人影が見えた。

「弥栄さん」

七緒が声をかけると、提灯が大きく横に振れた。人影があわてて提灯の揺れを止め、杖を突き直してまじまじとこちらを見る。

「ああ、七緒さま」

「驚かせてしまったようで、すみません」

「いえ、いえ、とんでもない。……ここで待っていらしたということは、七緒さまは、あたしが来るのがおわかりだったのですね」

兄のお告げがあったのだというべきか、と七緒は思った。弥栄ならばなんの疑いもなく受け容れてくれそうだ。そんな気がして、七緒はありのままを伝えた。

「ああ、さようでしたか」

弥栄の声には、あたたかみが感じられた。

「兄上さまが……。今も七緒さまのことがご心配でならず、いつもそばについていらっしゃるのですね」

「きっとそうなのでしょう。昔から私のことは猫かわいがりでしたから」

「よくわかります」

闇の中、深いしわをつくって弥栄が穏やかに笑う。すぐに口元を引き締め、真剣な顔つきになった。

「――七緒さま、すでにお察しのことと存じますが、こんな刻限に足を運ばせていただいたのは、昨晩の四つ頃になって、大蔵正覚さんのことを聞かせてくれそうな人が見つかったからです」

やはり、と七緒の胸は躍った。

「一刻も早く七緒さまにお伝えせねばと思ったのですけど、さすがに深更にお邪魔するのははばかられ、朝を待つことにしたのです。でも結局、いても立ってもいられず、こんなに早くやってきてしまいました」

「弥栄さん、まさか一睡もしていないなんてことは」

「もちろん、よーく眠りましたよ。でも年寄りですから、目覚めがとにかく早いのです」

弥栄の気持ちがこの上なくうれしく、七緒の頭は自然に下がった。

「ありがとうございます」

心から礼を述べた。

「立ち話もなんですから、弥栄さん、どうぞ、お入りください」

七緒は、弥栄を玄関へと案内した。玄関先で弥栄が提灯を吹き消す。それから二人は脇の客間に足を踏み入れた。

客間に行灯の灯が揺れているのを目の当たりにした弥栄が、深いうなずきを見せる。

「七緒さまは、兄上さまのお言葉を微塵も疑っておられなかったのですね」

ふだん使うことはないが、客のために用意してある座布団を弥栄に勧めてから、七緒は畳にじかに正座した。弥栄は遠慮したが、足のためには敷いたほうが楽で、すみません、といって座布団に静かに座った。

「寒くはありませんか」

弥栄を気遣って七緒はたずねた。

「ええ、大丈夫ですよ。歳を取ると、毎年、冬を越すのが大変ですけど、今のこの時季なら、なんということもありません」

「弥栄さん、今お茶をお持ちします」

「とんでもない。けっこうです。お気を遣わずに」

手を振り、ときがもったいないといわんばかりに弥栄が身を乗り出す。

「大蔵正覚さんのことについて話を聞かせてくださるのは、庄慧《しょうけい》さんというお方です」

珍しい名だ、と七緒は思った。

「どのようなお方ですか」

「こちらに大蔵正覚さんの道場があったときに、門人だった人です」

元門人ならば、詳しい話を聞けるのはまちがいないだろう。

「今は徳衛寺《とくえいじ》というお寺を継いでいらっしゃいます」

「ご住職ということですね」

「さようです。七緒さま、今からお出かけになれますか」

「もちろんです。でも、先さまはこんな刻限にお邪魔してもかまわないのですか」

「平気ですよ。この刻限なら、もう勤行《ごんぎょう》にお励みになっているはずです。朝のお勤めが終われば、きっとお話が聞けましょう」

「わかりました」

七緒は顎を静かに引いた。ただし、治左衛門のことが気にかかる。

「祖父に他出の挨拶をしてきます」

弥栄に断って部屋を出た。

治左衛門の部屋前の廊下には、腰高障子越しに明かりが漏れ落ちていた。

「おじいちゃん、七緒は起きているの」

声をかけ、七緒は腰高障子を開けた。

「おお、七緒か。早いの」

治左衛門は愛刀の手入れをしていた。備前《びぜん》の刀で、銘は澄国《すみくに》。およそ六百年前、源頼朝が鎌倉に幕府を置いた頃のものといわれている。重花丁子《じゅうかちょうじ》の華やかな刃文が、行灯の光を鈍く映している。

「七緒も知っての通り、刀の手入れをしたり、刀身を味わい深く眺めたりするには、夕方の日の光がふさわしいのじゃが、思いついたときが最もよいかのぅと思うて、こうしていま愛《め》でているわけじゃ」

「うん、とてもいいことだと思うよ」

すぐに手入れが終わり、治左衛門が刀を鞘におさめた。それを刀架に置き、七緒に向き直る。

「それでどうした。こんな刻限に。朝餉ができたのか」

「ううん、客人なの」

「客だと。わしにか」

七緒は治左衛門に事情を伝えた。

大蔵正覚という名を聞いて、治左衛門が膝を打った。

「おう、そうじゃった。前の持ち主はそのような名じゃった。それで七緒は、これから大蔵正覚どのの元門人である庄慧どのに会うのじゃな。例のからくり人形師が欅のうろからいったいなにを持ち去ったのか、その謎を解く第一歩ということじゃの」

「その通りよ。それでおじいちゃん、帰ってきたらすぐに朝餉の支度に取りかかるから、それまで待っていてくれる」

「どのくらい待てばよいかの」

「そうね、一刻くらいだと思う」

「うっ、そ、そんなにか。一刻はさすがに厳しいの。ならば七緒、わしも一緒に連れていってくれぬか」

「もちろんよ」

七緒は即答した。

「そのほうが、気が紛れるでしょうし。もし帰る途中でおいしそうな物があったら、買ってもいいし」

「おいしそうな物か。それは名案じゃのう」

しわ深い顔をほころばせた治左衛門がのそりと立ち上がり、澄国を腰に帯びた。

客間で、七緒は弥栄に治左衛門を引き合わせた。

「おう、おぬしが弥栄どのか。なかなかきれいな人じゃのう。つるつるにした頭に、色香が漂っておるぞ」

「そんな」

治左衛門にいわれて、乙女《おとめ》のように弥栄が恥ずかしがる。

「秋重さまも、とても男前でいらっしゃいますよ」

「いやいや、そのようなことは初めていわれたぞ」

顎をなでさすって、治左衛門は満更でもない様子だ。

この二人が恋に落ちることはあるのだろうか、と七緒は思った。弥栄が独り身なのかどうか知らないが、口入屋のあるじを女の身でつとめていることから、もしかしたら、亭主と呼ぶべき者はいないのかもしれない。老いらくという言葉は老いること自体を指すらしいが、老いたのちの楽しみである老い楽を意味するともいう。もし二人が恋仲になったとしても、なんら不思議はない。

「では秋重さま、七緒さま、まいりましょうか。ご案内いたします」

火打石と火打金をかちかちと打ちつけて、弥栄が提灯に火を入れた。星明かりがあるとはいえ、まだ夜の力はあたりを圧倒しており、提灯は庭の植木をかすかに照らし出したに過ぎない。

七緒も提灯を手にし、火をつけた。

弥栄の先導で、七緒と治左衛門は道を歩きはじめた。こつ、こつ、という杖の音がやわらかく耳に届く。

「庄慧さんが正覚さんの元門人であることが、どうしてわかったのです」

歩を運びつつ、七緒は弥栄にきいた。弥栄がちらりと振り返る。

「うちの取引先に呉服屋さんがあるのです。遠州屋《えんしゅうや》さんといいます」

遠州屋なら知っている。赤坂元町《もとまち》にある大店だ。はい、と七緒は顎を動かした。

「うちは遠州屋さんのご主人にとてもよくしてもらっているのですが、以前、遠州屋さんの檀那寺《だんなじ》の息子が、正覚さんのお弟子だったという話をご主人がされたのを、なんとなく覚えていたのです。それで昨日、お話をうかがいに遠州屋さんを訪れたのです。残念ながらご主人は商用で不在だったのですが、夜遅くになって遠州屋さんからつなぎがあり、徳衛寺の庄慧さんという今のご住職が元門人だったことが知れたのです」

いったん言葉を切ったが、軽く咳払いをして弥栄は続けた。

「——庄慧和尚は夜明け前から勤行に励んでおられるお方なので、朝方ならいつ訪れても大丈夫ですよ、とのお言葉を遠州屋さんからいただきました。それであたしは、こうして今お二人をご案内させてもらっているというわけです」

そういうことだったのか、と七緒は納得した。治左衛門も、なるほどのう、という顔をしている。

「徳衛寺さんの場所も、もちろんわかっています。地図をもらっていますからね」

弥栄がどんと胸を叩く。

「大船に乗ったつもりでお任せください。どこへ行くのでも、あたしは一度も道に迷ったことがありませんから」

「そりゃ頼もしいのう」

目を和ませて治左衛門が相好を崩す。

「わしはどこへ行くのでも、一度でたどり着いたことがない」

「秋重さまは男前ですから、そのくらいの短所があったほうが釣り合いが取れて、ちょうどよいのですよ」

「弥栄どのは、実にうれしいことをいうてくれるのう」

わはは、という笑い声がわずかに白みはじめた空に吸い込まれてゆく。

「おじいちゃん、静かにしなきゃ。まだ寝ている人がたくさんいるのよ」

「おう、そうじゃったの。済まぬことをした」

笑い声はそれきりやみ、杖を突く音と足音だけが静かに響きはじめた。

二

半刻ばかりで弥栄が足を止めた。

その頃には東の空はすっかり明るさを増し、ほとんどの星は姿を消そうとしていた。今はしがみつくように、わずかな星がかすかに瞬いているのみである。

「ここは――」

見回して治左衛門がいう。

「千駄《せんだ》ヶ谷町《やまち》ではないかの」

町屋は軒を連ねてはいるものの、このあたりまで来ると、まだたっぷりと畑が残されており、肥《こえ》のにおいを濃くはらんだ風が流れてくる。どこかで鶏の鳴き声が立て続けにし、それに呼応するかのように馬のいななきが続いた。農家だけでなく、町屋に暮らす者たちもすでに大勢の者が起き出し、動きはじめている。その気配が大気を通じて、はっきりと伝わってくる。

「秋重さまのおっしゃる通りです。ここは千駄ヶ谷町でございます」

「遠州屋ほどの大店の菩提寺が、千駄ヶ谷町にあるのじゃな」

やや不思議そうに治左衛門がいう。

「もともと遠州屋さんは、ご先祖がこのあたりの出だそうですよ」

提灯を消した弥栄が目の前の門を見上げる。七緒も顔を向けた。

白々と明けてゆく空を背景に、楼門と呼ぶにふさわしい山門が建っており、『徳衛寺』と墨書された扁額が望める。掲げられてから相当の年月が経過しているのか、墨は色あせている。

門に向かって三十段ばかりの石段が設けられ、ぐるりを塀で囲まれた寺は近くの家々よりも二丈近く高い場所にある。開いた山門を通じて、かすかに読経の声がこぼれてきていた。

「さあ、まいりましょう」

杖を突いて弥栄が石段を登りはじめる。七緒と治左衛門もすぐに続いた。

山門をくぐって境内に立つと、読経の声が高くなった。

石畳の突き当たりに本堂が建っている。我知らず見とれるような見事な傾斜の屋根である。右手に緑青の浮いた梵鐘《ぼんしょう》の下がる鐘楼があり、太い幹を誇る一本杉の向こう側に庫《く》裏《り》らしい建物が見えている。

読経の声に導かれるように、七緒たちは本堂の前に進んだ。

それを知ったかのように読経がやみ、あたりは静寂の波に満たされた。

弥勒菩薩《みろくぼさつ》らしい本尊の前に座っていた僧侶が静かに立ち上がり、袈裟《けさ》の裾をひるがえしてこちらにやってきた。七緒たちを認めて穏やかに笑ってみせ、厳かさを感じさせる所作で正座した。

「よくいらっしゃいました」

物静かだがなかなか力のある声でいい、磨きをかけたように鮮やかな光沢を持つ頭を下げる。

「庄慧でございます」

歳は四十前後だろうか。落ち窪《くぼ》んだ小さな目の奥には、どことなく俗っぽさのような色がほの見えている。

この色はなんだろう、と七緒は思った。僧侶によくある例で、妾でも囲っているのかもしれない。

「こちらは、もしや弥栄さんですか」

顔を上げた庄慧が弥栄を見つめる。

「はい、弥栄と申します。今井三谷町で口入屋を営んでおります」

微笑を浮かべた弥栄が丁寧に辞儀する。庄慧がにこりとする。

「遠州屋さんから、お話はうかがっていますよ」

「ご住職、こちらは秋重さまと孫娘の七緒さまです。赤坂新町五丁目で剣術道場をなさっておられます」

七緒と治左衛門はそれぞれ名乗った。

七緒を見て庄慧が一瞬、まぶしそうにした。すぐに目を細める。

「刀を帯びていらっしゃるが、七緒さんも剣術をされているのですね。稽古姿を一度、拝見したいものです」

手を口に当て、庄慧が空咳をした。

「失礼。――では、今あの建物は剣術道場になっているのですね。遠州屋さんからうかがいましたが、なんでも弥栄さんたちは正覚師匠のことをお知りになりたいのだとか。立ち話というわけにはまいりませんね。どうぞ、お上がりください」

庄慧にいざなわれ、七緒たちは本堂に正座した。広さは優に五十畳はあるが、すべてに畳が敷かれている。

「座布団をお敷きになってください」

庄慧が入口脇に積まれた座布団を、弥栄のためにそっと置いた。

「ありがとうございます」

礼をいって、笑顔の弥栄が座る。

「秋重さま、七緒さんもお使いになりますか」

庄慧にきかれ、七緒は首を横に振った。

「私たちはけっこうです」

「前から不思議に思っていたのですが、なにゆえ、お武家は座布団をお使いにならないのですか」

七緒たちの前に回り込み、自らは座布団の上に端座した庄慧が不思議そうにきく。

「すべての武家が座布団を使わぬかというと、今はそうでもなかろうのう」

のんびりとした口調で治左衛門が答える。

「身を律することが当たり前の武士にとって、座布団のような柔な物を使うのは、まったくもってだらしないということになるのじゃが、弥栄どののように足が悪い者にとっては、座布団は特にありがたい代物じゃ。人には、それぞれ事情がある。武家に限らず、使いたい者は遠慮せず使えばよいのじゃよ。そのほうが人として自然じゃないかのう」

「秋重さまのおっしゃる通りでしょうな」

うなずいた庄慧が穏やかに続ける。

「決して無理することなく過ごす。健やかに生きるのには、これが最もよい手立てのような気がいたします」

こほん、と庄慧が咳払いをした。

「それで、正覚師匠のなにをお知りになりたいのです」

七緒に目を据えて庄慧がきいてきた。

どこまで説明するべきか、と迷った七緒は、まずは正覚の消息についてたずねてみた。

無念そうに庄慧が唇を噛む。

「一別以来、会ったことがないものですから、いま師匠がなにをされているのか、拙僧はなにも知らないのです」

そうですか、と七緒はいったが、すでになにがあったのか正直に語る決意を固めていた。この寺にやってくるまでの経緯をつまびらかに話した。

「ほう、そのようなことが――」

七緒の話を聞き終えた庄慧が驚きに目を丸くし、しばし絶句した。その表情に、嘘はないように思えた。

「拙僧のような者には、途方もないお話に聞こえますな。それにしても、あの欅のうろに、巻物が隠されていたとは」

「まだ巻物と決まったわけではありません。巻物を入れるのにちょうどよい大きさの木の箱だったのです。仮にからくり人形師が持ち去った物が巻物だとして、正覚さんはその手の巻物について、なにかいっていませんでしたか」

「拙僧にはまったくの初耳です。聞いたことはありません」

「木の箱には、下がり藤の紋が入っているように見えました」

それを聞いて庄慧がぴくりと顔を上げた。

「心当たりでも」

「ええ。下がり藤ならば、それは大久保家の家紋ですね」

「大久保家ですか。大久保家といえば、大名や旗本にたくさんおりますが、その一族のことですか」

「まあ、そういってよろしいでしょうな。大久保石見守長安《いわみのかみながやす》ですよ」

耳にしたことはあるが、その人物について七緒は詳しいことを知らない。

「大久保石見守といえば――」

顎をなでさすって治左衛門がいった。

「確か、もともとは甲州武田の家臣で、神君に仕えたという者じゃな。神君に命じられて金山奉行をつとめ、この国の金山、銀山からおびただしい量の金銀を産み出したといわれておるの」

「はい、おっしゃる通りです。秋重さまは、大久保石見守の本名をご存じですか」

「本名とな」

「本名というより、大久保石見守長安を自らの名とする前の名乗りですが」

「いや、知らぬの」

「大久保石見守が実の父からもらった名は、大蔵藤十郎《おおくらとうじゅうろう》というのです。大久保姓を名乗りはじめたのは、相模小田原六万五千石を領した大久保新十郎忠隣《ただちか》公に仕えたときからです」

「正覚さんは大蔵姓でしたね」

間髪容れずに七緒はたずねた。

「さよう。お師匠は大久保石見守の子孫だとおっしゃっていました」

「なぜそのまま大久保姓を名乗らなかったのでしょう」

「大久保石見守は、神君から罪を得た人ですから、心のどこかではばかりがあったのかもしれません」

「——大久保石見守か。だとすると……」

治左衛門が高ぶりを抑えるような低い声を発した。

「うろから奪われた巻物は、財宝のありかを伝えるものかも知れぬの。なにしろ大久保石見守という人は天下の総代官と呼ばれ、一時はこの日の本の国すべての富を握ったのではないか、といわれたほどの人じゃ。その死後に、神君から、不正に富を蓄えていたという罪に問われ、七人のせがれすべてを殺されておる。蓄えた富もほとんど巻き上げられたのじゃろうが、神君の目に届かなかったものもあろうのう。もともと莫大な量だけに、残されたものが一部だとしても、相当の金額になろうのう。それがどのくらいかわからぬが、わしの勘では、五十万両は下らぬのではないかのう」

「それだけのお宝のありかが巻物に記されているとして、誰がうろに隠したの。正覚さんということはないでしょ」

むう、と治左衛門がうなる。

「七緒のいう通りじゃ。正覚どのということはないの。正覚どのじゃったら、道場をたたんだときに必ず持っていっているはずじゃものな」

「隠したのが正覚さんでないとしたら、いったい誰が……。――ご住職」

七緒は庄慧に向き直った。

「正覚さんに父親はいらしたのですか」

「拙僧が弟子入りしたときには、すでに死去されていたという話をうかがいました」

「その父親がうろに隠したということも考えられるのう」

「それはないでしょう」

庄慧が言下に否定する。

「いま秋重さまたちがお住まいになっているあの道場を買い取り、住みはじめたのはお師匠なのです。お師匠のお父上が亡くなったのは、前のお宅で暮らしているときだと拙僧は聞いております」

「さようか」

残念そうに治左衛門が頬をふくらませる。

「誰が巻物をうろに隠したのか、巻物になにが書かれているのか、それらのことをいま論じてもあまり意味はないでしょうね。推し量ることしかできませんから」

今まで黙っていた弥栄が冷静に告げた。

「弥栄さんのいう通りね」

すぐさま七緒は同意した。

「今は、はっきりしていることだけを積み上げていかなくちゃ」

その通りです、というように弥栄が深く顎を引いた。

「ご住職、正覚さんに家人はいましたか」

七緒は改めて庄慧にたずねた。

「いえ、おりませんでした。独り身でした」

「お妾さんもいなかったのですね」

「はい、おりませんでした。ですので、お師匠の血を継ぐ息子も娘もおりません」

「お弟子さんは、ご住職以外にもいらっしゃいましたか」

「もちろんいました。門人は多いときでも十数人でした。その中に、高弟と呼ばれる者が三人おりました」

「その三人の中に、ご住職は入っておられるのですか」

「いえ、拙僧は入っておりません。その三人は、お師匠に特に認められた者でした。拙僧の技量ではとても高弟には入れませんでした」

「ご住職は、その三人の名を覚えていらっしゃいますか」

「むろん」

ほとんどときをかけることなく、庄慧がすらすらと述べた。

智山《ちざん》、満隆《まんりゅう》、崇成《すうせい》。この三つの名を七緒は頭に叩き込んだ。

「三人の消息をご存じですか」

七緒はなおも問いを続けた。

「いえ、今お三人がどうしているのか、拙僧はまったく知りません。ただし――」

思わせぶりに庄慧が言葉を切る。七緒の興味深げな目が自分に注がれたことに満足したのか、小さく笑みを浮かべた。

「満隆さんなら、つい先日、姿をお見かけしましたよ」

「えっ、どこでですか」

勢い込んで七緒はたずねた。若い娘のかぐわしいにおいが鼻に届いたのか、目を細めた庄慧がわずかに間を置いて答える。

「竜土町《りゅうどちょう》ですよ」

「麻布竜土町ですね」

「さよう。つい何日か前のこと、拙僧は所用で竜土町のほうへと出かけたのです。そのとき満隆さんを見かけたのですよ。だいぶ歳を取っていらっしゃったが、黒々とした大きな瞳に変わりありませんでしたから、まずまちがいないと思います。拙僧が声をかける間もなく、満隆さんは角を曲がっていってしまいましたが、なにか紙包みを手にして気軽な格好をされていました。もしかすると、あの町に住んでいるのかもしれません」

「よし、七緒、これから行ってみようではないか」

目を輝かせた治左衛門が気ぜわしげに立ち上がる。

「ええ、そうね」

治左衛門にならって七緒も腰を浮かしかけたが、すぐさま正座し直した。

「ご住職、満隆さんが手にしていた紙包みはどんなものでしたか」

それを聞いて、治左衛門が再び正座した。

「あれには、いったいなにが入っていたのでしょう。とにかく小さな紙包みでした」

「満隆さんというのは本名ですか」

「いえ、ちがいます。ああ、なるほど。竜土町に住んでいるとしても、今も満隆という名乗りをしているか、わからないですものね。満之助《まんのすけ》さんというのが本名だったと思います」

ありがとうございます、と七緒は感謝の言葉を口にした。

「ご住職、もう一つうかがってもよろしいでしょうか」

「なんなりと」

小首をかしげて庄慧が促す。

「なにゆえご住職は、正覚さんのもとに弟子入りされたのですか」

「ああ、それですか」

つるつるにした頭に手をやり、庄慧が苦笑いする。

「今はこの寺の住持としてえらそうにしておりますが、もともと拙僧は三男でして、当寺を継ぐ目はなかったのです。どこかの大寺に修行で入るしか道はなかったのでしょうが、幼い頃よりどういうわけか山伏に憧れがあり、長ずるにつれて祈禱の術を得たいと考えるようになりました。そして、十五の歳にその手の修行をすることを自分で決めたのです。もちろん父親の了解も得ました。父親は、おまえの好きなようにすればよい、といってくれました。それで、紹介してくれる人があり、拙僧は正覚師匠のもとに弟子入りしたわけです」

「ご住職は、十五歳の時に正覚さんのもとに弟子入りされたのですね。それは何年前のことになりますか」

「もう二十五年前になります。月日がたつのは実に早い」

「正覚さんのもとに弟子入りされたのに、それがなにゆえこのお寺のご住職になられたのですか」

「上の兄が二人、続けざまに流行病で亡くなったからです。拙僧はその頃にはまだ健在だった父親に呼び戻されたのです。二十二年前のことです」

「二人の兄上を続けざまに……。それはお気の毒に。——でしたら、二十年前に正覚さんが道場をたたんだことは、ご住職はご存じなかったのですね」

「あとから人づてに聞きました」

「正覚さんが道場をたたんだ理由を、お聞きになっていませんか」

　唇を嚙んで庄慧がうつむく。暗い影が横顔をよぎっていった。

「もしかするとですが、調伏《ちょうぶく》が関係しているのかもしれません」

「調伏というと、まじないによって人を呪《のろ》い殺すことですね。それを正覚さんが行っていたとおっしゃるのですか」

「山伏の道場のようなところでなにがいちばんお金になるかといえば、調伏が最も儲《もう》かるそうです。拙僧は調伏護摩の場に臨んだことはただの一度もありませんから、お師匠が行っていたというのはあくまでも噂に過ぎないのですが」

「正覚さんは誰に頼まれ、誰を調伏したのですか」

「まったくわかりません。霧の中です」

苦い顔で庄慧が答え、言葉を継ぐ。

「ただ、ご公儀の要人かお大名のどなたかだったのではないか、という話はちらりと聞きました。呪いをかけた側にお師匠の調伏が露見しそうになり、夜逃げも同然に姿を消したという噂を聞きました」

夜逃げだったのか、と七緒は思った。だが正覚は、治左衛門が支払った道場の代金を受け取っているはずだ。それから行方をくらましているのである。

つまり、おのれの行った調伏が相手方にばれることを、かなり早いうちから承知していたということか。

夜逃げしたのなら、今どこにいるのか突き止めるのは、なおさら至難のことになるにちがいない。

だが、決してあきらめるわけにはいかない。欅のうろからなにが取られたのか、誰が奪っていったのか、徹底して調べ、明らかにしなければならないのだ。

七緒は意地でもやり遂げるつもりでいる。

あるいは、と思った。満隆も調伏の片棒を担いだかもしれない。いや、三人しかいない高弟の一人ならば、まちがいなく荷担しているだろう。

となると、いま満隆が竜土町に住んでいるとしても、やはり名を変えていると考えるべきかもしれない。

「ご住職、頼みがあります。今から正覚さんの人相書を描きたいと思います。お力を貸していただけますか」

「お師匠をお捜しになりますか。うろに隠されていた物がなんであるにしても、お師匠が一番の手がかりを持たれているのは、まちがいないでしょうからね。しかし七緒さん、先ほども申し上げたが、拙僧が最後に会ったのはもう二十二年前のことで、まことに申し訳ない仕儀だが、正直、お師匠の記憶も定かではない。それでもよろしいか」

「かまいません。描いているうちに、思い出されることもありましょう」

「私もろくに正覚さんのお顔は覚えていないけど、できる限りお手伝いしますよ」

弥栄が申し出る。

「ありがとうございます」

礼をいって、七緒は懐から数枚の紙を取り出した。治左衛門に矢立を借りる。

「七緒、絵はうまいのか」

「ううん、うまくないよ。はっきりいうなら下手《へた》」

「ならば、わしが描こう」

「おじいちゃんは得意なの」

「七緒よりもましであろう」

少し考えてからうなずき、七緒は治左衛門の前に紙を置いた。

「よし、ご住職、まずは輪郭からきこうかの」

顔を下に向け、庄慧が思い出そうとする。

「卵形だったように思います」

「あたしも同じです」

「ならば、こんな感じかの」

すらすらと治左衛門が筆を動かす。意外だ、と七緒は思った。まるで心得のある者のような筆の動きなのだ。

それから治左衛門は目や鼻などの特徴をきいていった。庄慧と弥栄が力を合わせるように、答えてゆく。

四半刻後、三枚の反故《ほご》を出したのち、人相書ができあがった。

「こんな感じかの」

治左衛門が人相書を畳の上に置く。七緒はじっと見た。

総髪にしており、髪は豊かだ。鼻が高く、目は細い。ひげはたくわえておらず、目立つようなほくろもない。

それでも七緒はどこかで会ったことがあるような気がするのだが、気のせいだろうか。

「これは二十年ばかり前の正覚さんだの」

治左衛門がいうと、庄慧がすぐさま同意する。

「今とは、だいぶちがっているでしょうね」

「髪の毛も白いかもしれぬの」

墨がきれいに乾いた。

「七緒、これはおまえが持っていなさい」

はい、と答えて七緒は人相書を折りたたみ、大事に懐にしまい入れた。まだなにか庄慧に聞きたいことが残っているか、考えた。

だが、もはやこれ以上、たずねるべき事柄を七緒は思いつけなかった。丁重に礼をいって庄慧の前を辞し、徳衛寺をあとにした。

三

誰だったのだろう。

歩きつつ七緒は考えた。

だが、出てこない。

私も歳を取ったのかしら。地団駄を踏みたいくらいだ。

だが仕方ない。あきらめたときに思い出すものだ。

今はまだ時期でないのだろう。

不意に足を止めて首を伸ばし、治左衛門が町並みを見渡す。

「麻布竜土町と一口にいっても、なかなか広いものよのう」

「ああ、着いたのね」

「道案内をわしに任せるとは、七緒はまったくもって強者《つわもの》じゃの」

「ちゃんと着いたから、いいじゃない」

道に沿って大店、小店、一軒家、表長屋などの家並みが見渡す限り続き、行きかう者が途切れることがない。元気のよい子供の声がそこかしこから響き渡り、野良犬の足取りもいかにも軽く、町は活気にあふれている。

「おじいちゃん、この町は初めてなの」

「いや、これだけ長く生きているのじゃから、一度くらいはあるのじゃが、なにしろだいぶ昔の話じゃ。久しぶりすぎて、なにも覚えておらぬ」

期待の籠《こ》もった目で、治左衛門が一軒の一膳飯屋をのぞき込む。

「ふむ、まだやっておらぬか。なかなか腹ごしらえができぬの」

すでに日が昇って久しく、あたりは初秋の澄明な明るさに満ちている。

「七緒、見つかればよいの」

「きっと見つかる。満隆という人は、この町に住んでいるに決まっているもの」

「その通りじゃの。はなからあきらめていては、見つかるものも見つからぬ」

不意に治左衛門が、くんくんと鼻をうごめかした。

「いいにおいがするの」

「うん、香ばしいにおいね」

「団子じゃな。七緒、あそこじゃろう」

右手をすっと上げた治左衛門が、二十間ほど先を指し示す。

「人だかりがしているね」

十人近くが店の前に列を作っている。

「うまいという、なによりの証《あかし》じゃな。満隆という男を捜す前に、団子で小腹を満たすのも悪くなかろう。さっきから、わしの腹は鳴りっぱなしよ」

「おじいちゃん、紙包みを持っている人が大勢いるよ」

団子の入った小さな紙包みを、大事そうに手に抱えた者が何人も目につく。

「おう、ほんとだ。たくさんおるのう。もしや満隆どのが手にしていたという紙包みは、あの団子屋のものかもしれぬな」

店は美都屋《みとや》といい、間口は二間ばかりだ。狭い厨房で年寄りが団子を焼き、その連れ合いらしい女が客を次々とさばいている。厨房の横の土間には三つの長床几が置かれ、数人の客が腰かけて団子にかぶりついている。

――いずれ知れる。

兄の言葉が頭に浮かんだ。蔵之進がよく買ってきていた団子は、この店のものということはないだろうか。

自分たちの番がやってきて、七緒は六本のみたらし団子を注文した。焼き台の上でこんがりと焼かれる団子を、期待を抱いて見つめる。蔵之進のものとよく似ているような気がするが、考えるまでもなく、団子など、どれも似たようなものだろう。

「ここで召し上がっていかれますかの」

ばあさんにきかれ、七緒は長床几に目をやった。すでに二つがあいている。

治左衛門がばあさんに向かってうなずいてみせた。

「うむ、そこに腰を据えて焼き立てを食べたら、さぞうまかろう」

「承知いたしました」

二十四文を払って六本の団子がのった皿を受け取った七緒は、奥側の長床几に腰を下ろした。ばあさんが二つの湯飲みを持ってきて長床几に置き、茶を注いでくれた。

「これはかたじけない」

七緒も礼をいった。

「——よし、七緒、ききたいことはあろうが、それはひとまず後回しよ。冷めぬうちにいただこう」

うん、とうなずいて七緒は焼き立てのみたらし団子を手に取った。治左衛門は目を細めてほおばっている。

「おう、こいつはうまいの」

「うん、本当ね。たれがほどよい甘さで、私の好みよ。お団子自体もふんわりとしていて、いい具合」

だが、治左衛門はそれとわかる程度に眉を曇らせている。

「しかし、これではないの」

小声で七緒に告げてきた。

「うん、残念ながら」

七緒もささやき声で返した。

「なかなか見つからぬものよな」

「まったくね」

蔵之進がよく買ってきていたものとは焼き加減やたれが異なるものの、よくできたみたらし団子であるのは確かで、これだけ繁盛しているのも納得できる味だ。

「これだけうまい団子なら、弥栄どのにも食べさせたかったのう」

「きっと喜んだでしょうね。お団子は大好物じゃないかしら。でも弥栄さんにはお店があるから、あれ以上、引っぱりまわすわけにはいかないものね」

「わしらを徳衛寺まで連れていってくれただけで、弥栄どのには感謝しきれぬほどじゃ」

団子を食べ終え、茶を飲み干した七緒と治左衛門は、ばあさんに皿を返した。

「おばあさん、ありがとう。とてもおいしかった」

「お口に合いましたかの」

にこにことばあさんがきく。

「ええ、とても。また来ます」

「ありがとうございます。心よりお待ちしておりますよ」

「ところでおばあさん、このあたりに満隆さんという人が住んでいないかしら」

「さあ、そういう人は知らないですねえ」

「満之助さんは、どうかしら」

「ああ、満之助さんなら、この裏に住んでいますよ」

団子がたっぷり入った包みをひときわ肥えた女客に渡して、ばあさんがいう。

「満之助さんは、うちの大事なお得意さまですから。毎日、店を開けるのと同時に来てくれますよ。今日はまだですけど」

不思議そうにばあさんが首をひねる。

「珍しいこともあるものだね。どうかしたのかしら。いい歳して一人暮らしだから、ちょっと心配ね」

「満之助さんは目がぎょろりとしていますか」

その言葉を聞いて、ばあさんが少しだけ口元をゆるめた。

「ええ、していますよ。大ぶりの梅干しを埋め込んだみたい」

まちがいない、と七緒は確信した。

「満之助さんの家はどこですか」

「そこの路地を行くと、宇右衛門店《うえもんだな》という長屋に突き当たります。その東側にある一軒家がそうですよ。なにもないとは思いますけど、ついでに満之助さんの様子を見ていただけますか」

ばあさんは客をさばくのに忙しく、店をあけられるはずもない。

「承知しました」

ばあさんに告げて、七緒と治左衛門は美都屋の西側に口を開けている路地を入った。

「若い娘がきくと、誰もが警戒せずになんでも教えてくれるのう。わしが満隆の家がどこなのかきいたとしても、ああたやすく教えてくれるとは、とても思えんの」

「おじいちゃんは、いかにも人がよさそうだから大丈夫よ」

「わしが人がよいか。七緒も人を見る目がないのう」

「そんなこと、ないと思うけど」

不意に治左衛門が立ち止まった。

「ここじゃの」

目の前に古ぼけた一軒家が建っている。

「うん、まちがいないね」

宇右衛門店の東にある家というのは、ここしかないのだ。平屋で、建坪はせいぜい十坪あるかどうかだろう。一人暮らしなら、まったく不自由はあるまい。

「よし、七緒、まいろうかの」

背の低い生垣に、竹で編まれた枝折戸《しおりど》が設けられている。それを開け、七緒と治左衛門は敷地に足を踏み入れた。

右側に連なる丸い踏石は勝手口につながっているらしく、左側へと伸びている角張った踏石の先には引き戸のついた戸口があった。

戸口の前に立ち、七緒は訪《おとな》いを入れた。

応えはない。

「留守かしら」

「うむ、人の気配はないな。——頼もうっ」

治左衛門がいきなり大声を上げたから、七緒はどきりとした。にやりと治左衛門が笑いかけてきた。

「このくらいで驚くなど、七緒、修行が足りぬな」

「驚いてないよ」

「まあ、そういうことにしておこうかの」

戸に手をかけ、治左衛門が腕に力を入れた。戸は簡単に横に滑った。

「おや、開いておるの」

不審そうに声を発した治左衛門が敷居際に立ち、中へと呼びかける。

「満之助どの、おられるか」

だが、返ってきたのはまたも沈黙だ。

「むう」

鼻にしわを寄せ、治左衛門がかすかなうなり声を上げた。治左衛門の様子にただならないものを覚え、七緒はすぐさまきいた。

「おじいちゃん、なにか感じたの」

「いま血のにおいを嗅いだように思った」

わずかに腰を落とし、治左衛門が澄国の鯉口《こいぐち》を切った。

「おじいちゃん、中に誰かいるの」

七緒自身、人の気配はまったく感じていない。怪しい者がひそんでいるように思えないのだが、治左衛門とは腕がちがいすぎる。治左衛門はなにか気配を覚《さと》っているのかもしれない。

「わからぬ。この家に人がいるようには思えぬ、とにかく確かめねばならぬの。――七緒、ここで待っておれ。といって黙って待っているようなおなごではないの。よし、ついてまいれ」

「はい」

治左衛門が戸口に身を入れ、そのあとに七緒は続いた。

二畳ほどの広さの暗い土間の先に、上がり框のついた四畳半の間がある。その奥に半分だけ開いた襖があり、なにかが畳の上に横たわっているのが知れた。

どうやら人の体のようで、二本の足が七緒の目に映り込んだ。上半身は襖の陰に隠れている。死んでいるのではないか、と七緒は思った。

「――満之助どの」

横たわる者に向かって治左衛門が声を放つ。だが、相変わらず応えはない。

「失礼するぞ」

上がり框の手前で雪駄を転がし、治左衛門が四畳半に乗り込んだ。治左衛門の雪駄をそっと置き直し、七緒も履物を脱いで四畳半に上がった。

「死んでおる」

次の間に入った治左衛門が静かに告げた。しゃがみ込んで、横たわった者の顔を見つめている様子だ。

「満之助さんなの」

「そうじゃろう。目が大きいゆえな」

「満之助さんはどういうふうに死んでいるの」

「胸を一突きにされておる」

「胸を……」

敷居を越えようとした七緒を、治左衛門が手を上げて制する。

「七緒、見ぬほうがよい」

「どうして」

「若い娘が目の当たりにするには、あまりにむごたらしい骸じゃ」

「どんなふうにむごたらしいの」

「歯がない。すべて抜かれておる」

「ええっ。じゃあ」

うむ、と治左衛門がうなずいた。

「この前に起きた一件と同じじゃの。まちがいなく同じ者の仕業じゃろう」

藤吉と名乗ったからくり人形師と、歯をすべて抜かれて死んだ男の一件は関係があるのではないか、と告げた信兵衛の言葉が脳裏によみがえる。

「おじいちゃん、私も見てかまわないでしょ」

「そうか、やはり七緒も見たいか。まあ、そうじゃろうの。わしとしては見せたくはないが、こういうことも剣術を究めようとする者にとり、必要かもしれぬの」

体を横にずらした治左衛門が、入るよう七緒にいった。

深く息を吸い込んでから、七緒は治左衛門のそばに寄った。血のにおいが一気に鼻孔に入り込んできた。死骸を目の当たりにして、さすがに声が出そうになる。それを七緒はなんとかこらえた。

満之助と思える死骸は仰向けになり、大きな目をぎろりとむいて天井を見つめている。治左衛門のいう通り、着物の胸のところが破れ、赤い傷が盛り上がっているのが見える。そこからおびただしい血が流れ出し、畳を赤黒く染めていた。すでに血は固まっている。

「これで殺されてから、どのくらいたっているのかの。検死医者ではないからわからぬが、殺されたのは昨夜のことじゃろうの」

目を閉じ、治左衛門が合掌する。

口を貝のように開けているせいで、死者の口中ははっきりと見える。歯がすべて抜かれており、歯茎が真っ赤になっている。

いったい誰がこんなむごいことを。

満之助の死骸から目を離すことができないまま、七緒は思った。

藤吉と名乗った、あのからくり人形師の仕業だろうか。

信兵衛が描いた、口から含み綿を取ったほうの人相書を七緒は思い出した。

いかにも極悪人という面相をしていた。あの顔は、人の心をすでに失っている男のものとしか思えなかった。

あのからくり人形師なら、このくらいのことは平然としてのけそうだ。

まちがいない。

満之助ともう一人の男を殺し、すべての歯を抜いたのは、あのからくり人形師だ。

必ず引っ捕らえ、罪の償いをさせなければならない。

目の前にいるかのようにあの男の像を引き寄せ、七緒は強く思った。

――あっ。

心が強い衝撃を受けたせいか、そのとき不意に正覚の人相書の男が誰だったのか、七緒は思い出した。

懐から治左衛門が描いた正覚の人相書を取り出し、じっと目を当てた。

七緒は確信した。

頭をつるつるにし、顎にひげをつければ、この前会ったばかりの男ではないか。

四

死んでしまった。

埃の積もった畳の上に横たわった達吉を見て、信兵衛は思った。

「――旦那、それにしてもよかったですねえ」

背後から響いてきた善造の快活な声に、信兵衛の思いはうつつに引き戻された。

「なにがだ」

目を前に据えたまま、信兵衛はたずねた。初秋の太陽は頭上にあり、穏やかな光が包み込むように、江戸の町を照らしている。行き合う者たちは信兵衛の姿を目にするや、少し脇によけ、ご苦労さまですというように頭を下げてゆく。

「決まっているじゃありませんか。達吉親分が生きていたことですよ」

「確かによかったな。阿漕な真似ばかりしている男だが、だからといって死んでよいというわけではない」

「達吉親分は、あのくらいでくたばるような男ではなかったってことですね」

「しぶといことはしぶといな」

名を呼びながら信兵衛が近づいていったとき、なにごとですかい、といわんばかりに達吉が目を開いた瞬間のことは、鮮明に覚えている。自分でも意外だったのだが、安堵の思いが強すぎて、その場にへたり込みそうになったほどなのだ。

「ただし、達吉が生きていられるのは、からくり人形師が手加減したからに相違あるまい」

「手加減を――」

「斬るに値せぬ男と考えたのであろう。見方を変えれば、天はまだ達吉を見捨てていなかったということになろう。生まれ変わる機会を与えられたというわけだ」

「達吉親分、生まれ変わりますかね」

「それができなかったら、次こそはお陀仏《だぶつ》にちがいあるまい」

「えっ、そうなんですかい。お陀仏……」

「天というのは寛容ではあるが、ときに峻厳《しゅんげん》でもある。容赦がないところがあるゆえ、善造、おまえも気をつけることだ」

「でも旦那、天を相手にどう気をつければいいんですかい」

「誰にも恥じぬ生き方をすればよい。ただそれだけのことだ」

「わかりやした。陰ひなたなく働き、お天道さまの下を堂々と歩ける生き方をしていればいいってことですね」

「それさえ忘れなければ、天はきっと守ってくれよう」

「天が味方についてくれるってことですかい。そいつはありがてえ」

ふう、と深い息を善造がつく。

「半吉のほうも、命に別状がないってことでしたね」

「相当の血を失っていたから、あと少しでも見つかるのが遅れていたら、危なかっただろう」

「半吉が助かったのは、与平という男の子のおかげですね」

「与平が機転を利かせ、達吉にいわれていた半刻よりも早く、自身番の者たちを案内して江崎屋の別邸に入ったことが、半吉の命を長らえさせた。そういう意味でいえば、半吉も天がいまだ見捨てなかったということになろうか」

「なんにしても、半吉は与平に足を向けて寝られないですねえ」

「そのようなことをしたら、きっと罰が当たろう」

「半吉は、もし与平が達吉親分の下っ引になれば、ようやく自分より下の者ができるって喜んでいたらしいですけど、望むようになりますかね」

「残念ながら、半吉に与平のような気働きはできまい。すぐに与平に追い越されるであろうな」

「そいつは、ちとかわいそうですね」

「仕方あるまい。探索という仕事は、実力がなによりものをいう。仕事ができぬ者は置いていかれるしかない」

「旦那、あっしはどうですかい。置いていかれるようなことはありませんかい」

「善造、普段から物事をさまざまな方向から考えることこそ肝要だ。よいか、それを怠るな。怠らなければ、置いていかれるようなことは決してない」

「わかりやした。常にいろんな方向から物事を考えることを念頭に動くようにしやす」

行く手に目をやってから、信兵衛は善造にちらりと顔を向けた。

「善造、きくが、よいか」

「へい、なんなりと」

歩きながら善造が小腰をかがめる。

「いま俺たちはどこに向かっている」

「弘庵《こうあん》さんのところじゃありませんかい」

「弘庵というのは何者だ」

「腕のいい、入れ歯師です」

「弘庵どのを俺たちに紹介したのは」

「江崎屋さんのご主人の蓮右衛門《はすえもん》さんです。弘庵さんが、蓮右衛門さんの入れ歯をつくったんです」

「江崎屋蓮右衛門というのは何者だ」

「江戸でも十指に入る油問屋のあるじです。――旦那、これじゃあ、いろんな方向から考えるというより、これまであったことを繰り返し唱えているだけですけど」

「それも大事なことだ」

「はあ、さいですかい」

「善造、本題に入るぞ」

「へい」

善造の背筋がすっと伸びた。

「なにゆえ、俺たちは弘庵どののもとに向かっている」

このことについて、信兵衛は善造に説明していない。ただ、入れ歯師の弘庵という男のもとに足を運ぶことだけしか告げていないのだ。

「弘庵さんから話を聞くためです」

「なんの話を」

「えーと」

わずかに善造が口ごもる。

「達吉親分と半吉を斬った例のからくり人形師が、江崎屋の別邸が空き家だってことを知っていたからです。だから、やつはあの大きな屋敷にひそむことができた。ほとんどの人が知らないことを、どうやってやつは知り得たのか、それを確かめるために旦那とあっしは弘庵さんに会いに行くんです」

「その通りだ。——だが善造、それだけであるまい」

へい、と善造が答えた。

「これは、このあいだ旦那から教えてもらったんですけど、からくり人形をつくる者は入れ歯師を兼ねていることが少なくありやせん。弘庵さんは、藤吉と名乗った例のからくり人形師と知り合いであるということが十分に考えられやす。弘庵さんを通じて例のからくり人形師は、江崎屋の別邸のことを知ったのではないか。二人が知り合いであるならば、例のからくり人形師について、弘庵さんからなにか話を聞けるのではないかという期待が、あっしらにはあるのです」

「善造、いいぞ」

「旦那、合格ですかい」

「ひとまずな」

ほっとした顔になった善造が、疲れたような笑みを浮かべる。

「餓鬼《がき》のときに、手習所の試験を受けたことを思い出しましたよ。さすがにどきどきしますね」

「考えるのは楽しかろう」

「さいですね。頭が汗をかいたような気がしやすね」

「それでいいんだ」

飯倉片町《いいぐらかたまち》に信兵衛たちは入った。自身番をのぞき込み、詰めている者に声をかける。

「和倉の旦那、お疲れさまでございます」

自身番の畳に正座している書役が頭を丁寧に下げる。ほかに家主をつとめる初老の男が一人、座っている。

「この町に弘庵という入れ歯師が住んでいるはずだが」

「はい、存じております。出かけたのは見ておりませんから、家にいると存じます。和倉の旦那、手前がご案内いたしましょう」

腰も軽く、家主が立ち上がろうとする。

「それには及ばぬ」

手を上げて信兵衛は制した。

「弘庵どのがこの町に住んでいることがわかれば、よいのだ。ただ、話を聞きたいだけゆえな」

話を聞くだけならしょっ引かれることはないだろうと覚り、書役と家主が安堵の顔を見せる。なにしろ、少しでも事件に関わっていると疑われれば、町方や岡っ引などに、ちょっと来な、と連れていかれることが多いのだ。

一度大番屋に連れていかれれば、なかなか帰されず、そのまま留め置かれることがほとんどだ。家へ帰りたさに取り調べる側の甘言に乗って、つい自白をしてしまう者も少なくない。

濡衣を着せられる者があとを絶たぬのはこのせいではないか、と信兵衛は思っている。江戸に幕府が開かれて以来、罪なくして捕らえられた者は、いったいどれだけの数に上るのか。考えるだに恐ろしい。

信兵衛自身、これまで捕らえた者に無実の者は一人もいないと確信している。だが、果たして本当にそうだといいきれるのか。

「弘庵どのの家は、この近くだな」

自らの心に噴き上がってきた思いを封じ込め、信兵衛は冷静にたずねた。

「はい、この先の辻を左に折れてすぐの裏路地に面した一軒家でございます」

いわれた通りに進み、信兵衛は足を止めた。

「ここだな」

「さいですね」

あまり大きくはないが、どこか瀟洒《しょうしゃ》な感じがする家である。屋根つきの立派な門があるせいなのか。

入れ歯師というのは、と目の前の門と家を見つめながら信兵衛は思った。儲かるものなのか。それとも、弘庵という男は裏でなにか悪さを行っているのか。

それは、すぐにはっきりするだろう。対座して話を聞けば、その者が持つ本性はたいてい見抜けるものだ。

門にはまっている戸は、軽やかな音を立てて横に動いた。黒光りする敷石を踏んで、信兵衛と善造は戸口に立った。

「弘庵さん、いらっしゃいますかい」

造りががっちりとした感じの戸越しに、善造が訪いを入れる。

「はーい」

明るい声で応えがあった。

「開いてますよ」

「お邪魔しやす」

引き手に手を置き、善造が戸を開けた。

暗い土間が信兵衛の目に入った。上がり框に人影が立っている。かなりの長身で、五尺七寸は優にあるのではないか。

目が慣れ、男の顔がよく見えはじめた。四十半ばというところか。細い目がややきつそうにつり、その反面、いかにも人がよさそうに大きな鼻は丸い。

「弘庵さんですかい」

敷居際から善造がきく。

「さようですが、どうやら町方のお方のようですね」

土間に入り、信兵衛は善造の前に出た。名と身分を伝える。

「和倉さま――。定廻りのお役人が手前にどのような御用でしょうか」

「これを見てもらいたい」

懐から一枚の人相書を出し、信兵衛は弘庵に近づいた。

「ここはちょっと暗いですね。外に出てもよろしいですか」

人相書を手に弘庵が沓脱《くつぬぎ》の上の雪駄を履いて、庭に出た。明るい陽射しの下で、人相書をじっくりと見る。

「一色藤《いっしきふじ》ノ介《すけ》ですね」

やはり知り合いだったか、と信兵衛は心中で深くうなずいた。

「友垣か」

「いえ、友垣というほど親しくしているわけではありません。昔、相弟子だった男です」

弘庵が人相書を返してきた。受け取った信兵衛はたたみ、懐にしまった。

「相弟子というと」

「幻橋《げんきょう》という師匠のもとで、ともに学んだ仲です」

「幻橋師匠というのは」

「すばらしい腕を持つからくり人形師でした」

「でした、ということはもう」

「ええ、亡くなっています。十年はたちますね。早いものだ」

慨嘆するように弘庵がいった。

「弘庵どのはその幻橋師匠に、からくり人形の作り方だけでなく、入れ歯の術も教わったのだな」

「さよう。入れ歯の作り方なども、懇切に教えていただきました。手前がこうして人並みに暮らしていけるのも、すべて幻橋師匠のおかげです」

顎を上げ、弘庵が顔を向けてきた。

「和倉さまは手前のことでなく、一色藤ノ介のことで見えたのですね。あの男がどうかしたのですか。——ああ、中に入りましょう。立ち話もなんですから」

「いや、ここでけっこう。最近、弘庵どのはかの者に会ったことは」

「ええ、会いましたよ」

弘庵があっさりという。

「江崎屋さんの帰りに道でばったりと」

「やつはどんな身なりをしていた」

「浪人のような着流し姿でした。ただし、両刀を差していましたね」

「そのとき江崎屋の別邸の話を」

「しましたよ。藤ノ介が、江崎屋は別邸をいくつ持っているのだ、と興味津々の顔できいてきたので、五つあるはずだ、と手前は答えました」

「麻布桜田町の別邸について、藤ノ介はきいてきたか」

「別邸が五つもあるのだったら空き家になっているところもあるのだろう、もったいない話だな、というので手前は、麻布桜田町の別邸はもうずいぶん長いこと訪れる者もないようだ、という話をしました」

弘庵が気がかりそうに顔を寄せてきた。

「藤ノ介がなにかしたのですか」

「うむ」

「なにをしたのです」

「それはまだいえぬ」

信兵衛は弘庵をじっと見た。弘庵が体と顔をかたくする。

「一色藤ノ介に会ったとき、今なにをしているか、弘庵どのはきいたか」

「ききましたが、藤ノ介は言葉を濁しました。そのために、それ以上のことはきけませんでした」

眉根にしわを寄せ、信兵衛は厳しい顔を作った。

「一色藤ノ介というのは何者だ」

「旗本の四男ですよ。旗本といっても、もうとうに改易《かいえき》になってしまっていますが」

「というと」

「詳しいことは知らぬのですが、どうやら当主だった兄が公金に手をつけ、それが露見したらしいのです。旗本六百八十石一色家はあえなく取り潰しの憂き目に、ということらしいですよ」

武家なら、剣術道場にもきっと通っていたにちがいない。

「藤ノ介の剣術の腕がどの程度のものか、きいたことは」

「なんでも、相当のものらしいですね。吐月流《とげつりゅう》という小太刀の皆伝という話でした」

「小太刀か──」

北日ヶ窪町の路地で殺され、すべての歯を抜かれた男の胸の傷は匕首ではなく、脇差によるものではないか、と検死医師の西厳はいっていた。しかも、かなり手慣れた者の仕業とのことだった。一色藤ノ介が下手人であるならば、辻褄《つじつま》は合う。

「吐月流という流派の剣術道場がどこにあるか、弘庵どのは知っているか」

「場所は知りません。道場の名だけは、なんとなく覚えています。確か山岡道場だったような気がしますね。──いや、ちがうな」

すぐに弘庵が首を横に振った。

「──そうだ、原岡道場。これですよ、まちがいない」

原岡道場というのは初耳だが、名さえわかっていれば、探すのにさほど手間がかかるとは思えない。

「一色家の屋敷がどこにあったか、弘庵どのは知っているか」

「いえ、知りません」

そうか、と信兵衛はいった。すぐに新たな問いを発した。

「幻橋師匠のもとに弟子入りしたのは、弘庵どののほうが藤ノ介よりも早かったのか」

「さよう。手前が兄弟子になります」

「藤ノ介は誰かの紹介で、弟子入りしたのだろうか」

「そういうのはなかったように思いますよ。あの男は師匠のもとに押しかけてきたのです。ただ、筋がすばらしくよく、師匠のほうが惚れ込んで弟子にしたのです」

「そのときには、一色家は改易になっていたのか」

「いえ、藤ノ介が弟子入りして、五年ばかりたった頃、取り潰しになったはずです。改易されたとき、やつはずいぶん暗い顔をしていましたね。実家がなくなり、兄が切腹したのですから当然でしょうが」

「つまり旗本の四男という冷や飯食いの身分を脱するために、からくり人形師なり、入れ歯師なりを活計《かっけい》としようとして、藤ノ介は幻橋師匠に弟子入りしたわけだな」

「器用で、根が好きってこともあったのでしょうが、まあ、そういうことでしょうね。四男坊では、どこかの旗本へ養子入りするのも難しいでしょうから。一生、冷や飯食いの身でいるよりも、好きな道で生きることを選んだということになりましょう」

　小さく息をつき、弘庵が間を置いた。

「からくり人形師の中でも幻橋師匠はよく知られた人でしたから、内弟子だけでなく、外にも大勢の弟子がいましたよ。その中でも、藤ノ介の腕は群を抜いていましたね。もちろん、やつは内弟子でした」

　それだけの腕を持っていたら、後世に名を残せるようなからくり人形師になれたかもしれぬのに、と信兵衛は思った。藤ノ介という男は、明らかに道を踏み誤ったのだ。

　それだけの天賦の才を有為のことに用いない。はたから見るとなんともったいないと感じるが、本人はそうと気づいていない場合がほとんどであることに、信兵衛はときに愕然《がくぜん》とすることがある。

「一色家が改易になったあと、藤ノ介はどうした」

「師匠に一言の挨拶もなしに、ぷいと姿を消しました。だからこの前、会ったとき手前は驚きましたよ。正直、生きていたのか、と思いました。一度死んだのではないかというくらい人相が変わっていて、別人のようでしたね。いってしまえば悪相ですよ。それが、まるでなにもなかったかのような顔で話しかけてきましたから、そのことにも手前は驚きました」

なるほど、と信兵衛は相槌を打った。

「藤ノ介と会ったのは、何年ぶりだった」

首をかしげ、弘庵が腕をこまねく。

「そうですね。かれこれ二十年ぶりになるのではないですかね。あの男も、四十を過ぎたことになりましょう」

そろそろ潮時で、信兵衛は弘庵にいとまを告げようとした。その前に、ふと聞いておきたいことが心うちにわき上がってきた。

「弘庵どのも、もとは武家か」

ええ、とむしろ吹っ切れたような顔で弘庵が顎を引いた。

「手前は、御家人の三男坊ですよ。実家はよその家に婿入り自体を考えるのもおこがましいほど困窮しており、生計の道はなんとしても自分で探さなければなりませんでした。生来、器用なたちだったので、この道になんとか進むことができたのですよ。先ほども申し上げましたが、お師匠には感謝してもしきれません」

その後、信兵衛は善造を引き連れて一色藤ノ介が通っていたという剣術道場を探した。

「旦那、原岡道場という名に、心当たりはあるんですかい」

後ろから善造がきいてくる。

「いや、ないな」

「じゃあ、片っ端から剣術道場を当たるつもりですかい」

「そのつもりはない」

「どうするんですかい」

いきなり善造がぺしりと自らの額を叩いた。

「いっけねえ。旦那頼りではなく、あっしも頭を働かせなきゃいけねえんだった」

「その通りだ。どうすれば原岡道場が見つかるか、ともに考えようではないか」

「わかりやした」

うなり声を上げて、善造が思案に暮れはじめた。

「――ああ、そうだ。旦那、原岡道場は小太刀の道場でしたね。実をいうと、あっしは小太刀を流派としている道場を一つ知っているんですよ。深山《みやま》道場というんですが、そこに行けば、同じ小太刀の流派ということで、なにか教えてもらえるんじゃないですかね」

「うむ、いい考えだ」

「……あれ」

信兵衛を見つめて善造が首をひねる。

「深山道場は、旦那の知り合いがいるところでしたかね」

「知り合いといっても、門人に従弟《いとこ》の友垣が一人いるに過ぎぬが」

「なんだ」

肩を落とし、善造が落胆の色を浮かべる。

「あっしが知っているっていうのは、旦那から教えてもらったからじゃないですかい」

「そういうことだな」

善造とともに信兵衛は、麻布御簞笥町《おたんすちょう》に足を運んだ。

深山道場のまわりには、大名屋敷をはじめとした武家屋敷がかたまっている。

さほど大きな道場ではないが、今も十人近い門人が稽古をしている様子で、竹刀が打ち合わされる音や百舌《もず》の鳴き声のような気合が腹を揺さぶる。剣で身を立てようと考えている部屋住みたちが、必死に稽古に精を出しているのだろう。

『麦秀流《ばくしゅうりゅう》　深山道場』と墨書された看板が入口脇に立っている。

「旦那、麦秀流というのは、どんな剣を使うんですかね」

看板をしげしげと眺めて、善造がきく。

「さてな。麦秀というのは、麦の穂が伸びることをいうらしい。麦秀の歌などという言葉もあるが」

「なんですかい、それは」

「唐土《もろこし》の国の故事だ。滅びた都のあとに麦の穂が出ているのを見て、国の滅亡を嘆き悲しんだ者が詠んだ歌のことだ。麦秀の嘆という言葉は、それから出てきたらしい」

「へえ、さいですかい。なんのことだかよくわからないですけど、旦那はなかなか物知りですねえ」

連子窓《れんじまど》が開いており、信兵衛はそこから門人たちの稽古の様子を見たが、竹刀はいたって普通の長さで、特に小太刀の修練に励んでいるようには見えない。このあと小太刀の稽古が控えており、それに備えて体をほぐしているところだろうか。

「善造、入るぞ」

信兵衛の従弟の友垣はまだ稽古にやってきていなかったが、十代の終わりと思える師範代が原岡道場のことを知っていた。

「原岡道場がどのような剣を遣うのか、それがしは存じませぬが、同じ小太刀を遣う流派だけに、場所は知っております」

「どこにある」

「麻布古川町《ふるかわちょう》です」

町の景色を、信兵衛は脳裏に映し出した。あの町も、旗本や御家人たちの屋敷が寄り集まっている。

「原岡道場のことを和倉さまがご存じないのも仕方ないでしょう。なにしろわかりにくいところにありますから」

「わかりにくいというと」

「寺の境内の隅っこにあるのです」

「ふむ、それは確かに知らぬわけだ」

善造も意表を突かれたという顔をしている。

「なかなか知りようがないでしょうね。和倉さまたちが寺に入ることなど、滅多にないでしょうから」

下手人捕縛の力を持っているとはいいがたい寺社奉行所から依頼がきて、捕物の際に一緒に寺へ乗り込むことがたまにある。ほかにも、聞き込みなどのときに山門をくぐることがある程度だ。

「原岡道場というのは、遊岳寺《ゆうがくじ》という寺の建物を借りて道場を営んでいるのですよ」

「そうか。忙しいところをかたじけなかった。ところで――」

年若い師範代の顔を見つめて、信兵衛はきいた。

「麦秀流というのは、どのような剣を遣うのかな」

師範代が端整な顔をにこりとさせる。

「それは申し上げるわけにはまいりませぬ。和倉さま、お知りになりたいのでしたら、是非とも入門ください」

微笑を返して信兵衛はうなずいた。

「考えておこう」

師範代に礼を述べ、信兵衛は善造を連れて深山道場をあとにした。麻布古川町に向けて歩きはじめる。

五

山門をじっと見上げ、善造が体をかたまらせている。

「どうした」

「いえ、旦那、あれは遊岳寺って書いてあるんですかね」

善造が山門に掲げられた扁額を指さす。

「崩してあるが、興明山《こうめいさん》遊岳寺でまちがいあるまい」

「ああ、興明山って書いてあったんですね。道理で文字が多すぎると思った」

山門を入ると、狭い境内が目の前に広がっていた。小さな本堂の右手に学寮のような建物があるが、そこから竹刀の音と気合が響いてきている。

近寄ってみると、建物は板敷きの二十畳ほどの広さで、中に数人の門人らしい男がいるのが知れた。いずれも、通常よりだいぶ短い竹刀を手にしている。

入口らしい構えたものはどこにもなく、濡縁から自由に道場内に上がれるようになっている。

濡縁のそばに立ち、信兵衛は中に向かって声を放った。

「ちと話を聞きたいのだが」

その声に応じ、二十代半ばと思える痩せた男が竹刀を肩に担いで近づいてきた。

「おや、町方の方ですね。寺に来るなど、珍しいこともあるものだ」

捕物の際、下手人を追いかけて許しがないまま寺や神社に入るのが禁じられているだけで、探索のために寺社の境内に足を踏み入れることは、法度ではない。

「誰か捕らえに来たのですか」

興味津々の目で門人がきいてきた。

「いや、話を聞きに来ただけだ」

一応、礼儀として信兵衛は名乗った。男は名乗り返してこない。

「ほう、話を。吐月流がどのような剣を遣うか、そのような話ですか」

「それについても興味がないわけではないが、おぬし、一色藤ノ介という者を知っているか」

「一色藤ノ介……」

助けを求めるようにうしろを向いた男の目が、いかにも古株という者に当てられた。

道場の端に座り込んで汗を拭いていたその男が立ち上がり、信兵衛たちのもとにやってきた。歳はもう四十近いだろう。秋の陽射しが男の足元に延びている。

「一色藤ノ介のなにを知りたい」

がらがら声で信兵衛にきいてきた。

「できれば、今どこにいるかを」

「やつはなにをした」

「人殺しだ」

「なに」

男の目がきらりと光り、右の眉尻が上がる。

「誰を殺した」

「まだわかっておらぬ。仏の身元は不明だ」

「——そうか、やつはそこまで堕《お》ちたのか。いずれそうなるのではないかと思ってはいたのだが」

顔を上げ、男が信兵衛を見つめる。

「お役人は藤ノ介がからくり人形師のもとで修行をしていたのは、存じているか」

「うむ」

「藤ノ介の実家が取り潰しに遭ったことは」

「それも」

「実家が取り潰されたことで、なにゆえ藤ノ介がからくり人形師のもとを去ったか、はどうだ」

「いや、それは知らぬ。聞かせてくれるか」

「兄が濡衣を着せられたと信じ、やつは罠《わな》におとしいれた者を捜しはじめたのだ。結局、そのような者は見つからなんだ。それ以後、藤ノ介は荒れはじめた。酒に溺《おぼ》れ、女に溺れ、というやつだ。兄が本当に悪事に手を染めていたことを肌身で知ったからだろう。暮らしはすさみ、悪党どもと手を組むようになった。その頃からすでに、血でおのれの手を汚していたのかもしれぬ」

「おぬし、一色藤ノ介について、詳しく知っているようだな」

「もうずいぶん会っておらぬ。昔はこの道場でともに汗を流したが。今どこにいて、なにをしているかすら知らぬ。何年か前、やくざ者の用心棒をしていたところを見かけたくらいよ。風を切って歩くくずどもの中に、藤ノ介の姿があった。声はかけられなんだ」

「どこのやくざ者だ」

「この界隈だ。そういえば、おぬしにはわかるだろう」

「——一色藤ノ介には、親しい友垣はいなかったのか」

「むろん何人かいた。だが、その者たちもわし以上のことは知らぬだろう。それに、いずれの者もすでに当主の座にある。町方のおぬしがそうたやすく会える者たちではないし、今さら一色藤ノ介でもなく、面倒はいやがるだろうな」

「女はどうだ」

「好きな女くらいはいただろうが、それが誰か聞いたことはない。知っている者はおるまい。やつは女に関しては、妙に口が堅いところがあった」

これ以上、目の前の男にきいたところで得られることはなさそうだ。手間を取らせたことを詫びて、信兵衛はさっときびすを返した。

「もしおぬしに捕らえられたら、藤ノ介はどうなる」

信兵衛を引き止めるように男が話しかけてきた。体をひるがえして、信兵衛は男に向き直った。

「知れたこと。獄門だ」

「そうか。やはり獄門か」

うなずいた男が、哀しみの色の浮いた目で信兵衛を凝視する。

「おぬし、剣は遣い手とはいえぬようだな」

「その通りだ」

「藤ノ介がいくら免許皆伝の腕前といっても、おぬしからは逃れようがない気がする。残念ながら藤ノ介はもう終わりだろう」

ため息をつき、肩を落とした男は陽射しから逃れるように元の場所に戻り、正座した。

再び手ぬぐいで汗を拭きはじめる。

境内を突っ切って山門をくぐり、信兵衛と善造は道に出た。

「旦那。さっきの門人、本当に一色藤ノ介の行方を知らないんですかね」

「俺には、嘘をいっているようには見えなかった」

「さいですかい。旦那のいうことなら、まちがいないですねえ。それで旦那、今は土岐蔵《ときぞう》一家へ向かっているんですね」

「そうだ。一色藤ノ介が用心棒をつとめていた一家だ」

「土岐蔵一家は、いまだにこの古川町界隈を縄張にしているんですねえ。ほんとしぶといですよねえ。いろんな一家と争って、まだ縄張を持ち続けているってのは、なかなか大したものなんでしょうね」

ところで旦那、と善造がいった。

「旦那は、本当に剣のほうはあまりよろしくないんですかい」

「うむ、いかんな」

「見かけだけなら、とんでもなく遣えそうに見えますけどねえ」

「見かけ倒しというやつだ」

「でもさっきの門人、一色藤ノ介は旦那からは逃れようがないっていっていましたね」

「剣は得手ではないが、探索と捕物は得意だ。それと執念だけは誰にも負けぬ。そのことがあの男にはっきりと伝わったのだろう」

「そういうことですかい。確かに旦那は、決してあきらめませんものねえ」

すぐに土岐蔵一家の家が見えてきた。信兵衛はさっと暖簾を払った。

「土岐蔵はいるか」

横に長い土間に立ち、信兵衛は手近の子分にたずねた。

「親分ですかい。さて、いらしたかなあ」

とぼけるようにいい、子分が腹を揺すって笑った。

雪駄を履いたまま、信兵衛はずかりと上がり込んだ。

「うわ、ちょっと待ってくだせえ」

子分がすがってくる。それを無視して奥へずんずんと進み、信兵衛は突き当たりの座敷の襖をからりと開け放った。

日当たりのよい八畳間には、土岐蔵のほかに二人のやくざ者と用心棒らしいがっしりとした浪人がいた。四人は真剣な顔でなにごとか話し込んでいた。

「おっ、なんでえ、いきなり。——あっ、和倉の旦那じゃないですかい」

土岐蔵が目を大きく開く。瞳には恐怖の色が浮いていた。

そばにいた二人の子分も、町方同心の乱入に驚きを隠せない。用心棒は刀を手に取り、鯉口を切ろうとしていた。だが、信兵衛が一瞥《いちべつ》すると、びくりとして刀を鞘に戻した。

「おい、土岐蔵」

片膝を突き、信兵衛は土岐蔵の胸ぐらをつかんだ。

「一色藤ノ介はどこにいる」

「えっ、一色の旦那ですかい」

両の目を泳がせつつ、土岐蔵が口をわななかせる。

「そうだ。おぬし、用心棒として雇っていただろう」

「あの、和倉の旦那、一色の旦那がなにかしたんですかい」

「人殺しだ。土岐蔵、さっさと俺の問いに答えろ」

「一色の旦那の姿は、ここ五、六日、見ていやせん」

「今もここで用心棒はしているのだな」

「一色の旦那を手放せるわけがねえ。あの人がいるだけで、他の一家は縄張に手を出そうとしやせんから」

「土岐蔵、本当に居場所を知らぬのか」

「はい、知りやせん」

「居場所に心当たりは」

「ありやせん」

「大事な用心棒だろう。なにゆえ知らぬ」

「一色の旦那、なにか大事な用事を抱えているようなんですよ。あっしはその中身をなにも知らされていやせんから、一色の旦那がなにをしようとしているか、まったく知らねえんです。一色の旦那は、今はそちらにかかり切りになっていると思いやす」

男を殺してすべての歯を抜いたこと、七緒の道場の欅から巻物と思える物を奪い去ったことだ。

だが、この二つで終わりというわけではあるまい。まだきっと続きがある。そう信兵衛は確信している。

「土岐蔵、おぬし、一色藤ノ介が用心棒として戻ってくると思っているのか」

「だって、待遇はこれ以上ないほどいいですからね。いくら一色の旦那が引く手あまたっていっても、あっし以上のところはねえはずだ」

「土岐蔵、断言しておく。一色藤ノ介は二度とこの家の敷居をまたがぬ」

「なぜですかい」

「俺が捕らえ、獄門台に送るからだ」

一瞬、呆然としかけたが、土岐蔵が気を取り直したようにきく。

「人殺しだってさっき和倉の旦那はおっしゃいましたけど、一色の旦那は誰を殺したんですかい」

「まだわからぬ」

「えっ、どういうことですかい」

それには答えず、信兵衛は土岐蔵の胸ぐらから手を放した。

「一色藤ノ介はこの家に住み込んでいたのだな。部屋を見せてもらおう」

「わ、わかりやした。ご案内いたしやす」

立ち上がり、襟元を直しつつ土岐蔵が歩きはじめる。

「親分、大丈夫ですかい」

すぐさま二人の子分が寄り添う。二人の手をうるさそうに土岐蔵が払う。

「怪我なんかしちゃいねえから、案ずるな」

短い廊下を歩いてすぐに足を止め、土岐蔵が、信兵衛とその後ろにつきしたがう善造を見やる。

「こちらですよ」

手を伸ばし、土岐蔵が右側の腰高障子を開けた。

がらんとした六畳間で、むろん人はいない。一冊の書物がのった小さめの文机が真ん中に置いてあり、ほかには隅に布団がたたんであるだけだ。

「一色藤ノ介の荷物はないのか」

「ええ、ありやせんね。一色の旦那の持ち物は、からくり人形の入った箱だけですよ」

「金太郎と熊か」

「よくご存じで。あれはすごい出来ですよね。あっしは一度しか見せてもらったことがねえんですが、また見てえもんだなと、常々思っているんですよ」

これはなんの本だ、と信兵衛は文机の上の書物を手に取った。麻布の町のことを紹介している図会《ずえ》のようだ。

しおりが挟んであることに気づいた。信兵衛はその面を開いてみた。

龍尾院《りゅうびいん》という寺のことが記されている。けっこう広い寺のようだ。名と場所は知っているが、足を運んだことは一度もない。

「土岐蔵、この本は一色藤ノ介のものだな」

「へい、さようで」

「この龍尾院について、一色藤ノ介が口にしていたことはあるか」

図会に載っている龍尾院の絵図を見せて、信兵衛は問うた。顔を寄せて、土岐蔵はじっくりと見たが、やがて首を振った。

「いえ、あっしはなにも聞いてやせんぜ」

そうか、と信兵衛はいって、なにか書き込みでもないか、と図会をぱらぱらとめくった。別段、そういうものは見つからなかった。図会を文机に戻す。

「土岐蔵、一家の中で一色藤ノ介と親しい者はいるのか」

「いえ、一人もいやせんよ。一色の旦那は、子分どもからとにかく恐れられていやすから。あっしがいちばん親しいっていっても、いいくらいでやすよ」

「一色藤ノ介は、用心棒として賭場にも出ていたのだな」

「そりゃそうですよ。もし賭場荒らしが来たとしても、一色の旦那がいるだけで騒ぎにならずに済みますからね」

一色藤ノ介という男はずっと一人で動いているのか、と信兵衛は考えた。やつに仲間はいないのだろうか。そういえば、達吉が江崎屋の別邸でもう一人の気配を嗅いだようなことをいっていた。

「一色藤ノ介は賭場では客と話をしていたのか」

「いえ、滅多にそんなことはありませんでした」

うん、と声を出し、土岐蔵がなにか思い出すような顔つきになった。

「そういえば――」

なにもいわず、信兵衛は黙って土岐蔵を見守った。

「半年くらい前でしたか、賭場の客がなにやら苦しそうな顔をしているときに、不意に立ち上がって話しかけたことがありやしたね。なんとも珍しい光景だったんで、あっしはよく覚えていますよ」

「二人は知り合いだったのか」

「いえ、そういうふうには見えませんでした」

「一色藤ノ介はなにを話していた」

「さあ、わかりやせん」

「その客というのは誰だ」

「そのときが初めてか、せいぜい二度目の客なんで、あっしは知りやせん。あれはほかの賭場から流れてきたんでしょう」

「その客は、そのあとも賭場にやってきたか」

「一度も来ていないように思いやすね」

その男が一色藤ノ介に巻物のことやら、さまざまなことを吹き込んだということはないだろうか。

「邪魔したな」

土岐蔵に告げた信兵衛は善造を伴い、土岐蔵一家の家をさっさと出た。

「旦那、これからどうしますかい」

「知れたこと。龍尾院に行く」

「図会に載っていた寺ですね。名はあっしも知っていますけど、あの寺に、一色藤ノ介の気を引くなにかがあったんですかね。あっしはちらっとしか見ていませんけど、なんの変哲もないお寺さんにしか見えませんでしたよ。それとも、名の知れた名物があるんですかね」

「図会にも載っていたが、龍尾院は金木犀《きんもくせい》の大木が知られている。樹齢は千年を超え、神社にあるなら神木と呼ばれる類だろう。花の時季は一里四方まで香るようだ」

「金木犀ですかい。花が開いて香りを放つのは、ちょうど今頃の季節じゃありませんかい」

顔を上げ、善造がにおいを嗅ぐ仕草をする。

「別ににおいませんね。ここなら、龍尾院からまちがいなく一里四方内ですよね」

「名物など、そんなものだ」

「ほんと、期待外れが多いんですよねえ。ところで旦那、賭場の客のことをずいぶん気にしていましたけど、なにか気にかかったんですかい」

「少しな」

「引っかかったのは、客が苦しそうな顔をしていたというところですかい。急な腹痛にでも襲われたんですかね」

「歯痛だろう。一色藤ノ介は入れ歯師でもある。その客が歯痛に苦しんでいるのを、一目で見抜いたにちがいあるまい」

「そういうことですかい。それで、やつらしくもなく、その客に声をかけたんですね」

「たぶん気まぐれの類だったのだろうが、なぜか放っておけなかったのだろう。おそらく、その後、一色藤ノ介とその客は親しくなったのではないか」

「えっ、どうしてそんなことまでわかるんですかい」

「一色藤ノ介という男は土岐蔵の待遇に満足し、おとなしく用心棒をつとめていた。それが一転、人を殺してすべての歯を抜き、欅のうろから巻物らしい物を奪うことまでしてみせた。それまで友垣一人いない男が一変したのだ。その客がきっかけだったと考えるべきではないか」

「じゃあ旦那、その客というのが、一色藤ノ介に巻物などのことについて、教え込んだというんですかい」

「そういうことだろう。二人は馬が合ったのかもしれぬ」

それからしばらくのあいだ信兵衛は無言で歩いた。

「旦那、杜《もり》が見えてきましたぜ。あれがそうですね」

こんもりとした樹木の丘が、信兵衛の目にも映っている。

近づいてゆくと、龍尾院はかなりの人で賑わっているのが知れた。誰もが金木犀を目当てに来ているのだろう。

「においますね」

善造が鼻をくんくんさせる。

「干し柿を煮詰めて、少し酸っぱ味をつけたような香りですね。あっしはけっこう好きですよ」

「うむ、甘い香りだ」

言い得て妙だ、と信兵衛は感心した。

境内に入ると、金木犀のにおいはますます強くなった。

「こいつはすごいですね。むせかえりそうですよ」

高さは三丈はあるだろう。密生した葉のあいだに橙色の花をおびただしくつけた金木犀のまわりには、老若男女を問わず、大勢の者が群がって、香りを体に取り込むような仕草をしている。

「お寺さんで煙を頭から浴びているみたいですね」

落ち葉の掃除をしていた小坊主が信兵衛たちに気づいて、小走りにやってきた。

「あの、お寺社からつなぎがあったのでしょうか」

「なんのことだ」

「つなぎがあったから、いらしたのではないのですか」

「なにかあったのだな」

「はい、ございました」

「なにがあった」

おかしいな、という顔で小坊主が信兵衛を見上げる。

「こちらにどうぞ」

納所らしい建物に信兵衛たちは入った。土間の隅に長床几が置いてあり、腰を下ろすようにいわれたが、信兵衛たちはそのまま立っていた。土間の先は、一段上がった畳敷きの間になっている。

「町方のお役人が見えました」

小坊主が奥に向かって声をかける。

「おう、そうか」

張りのある声が返ってきて、両肩が盛り上がった僧侶が畳を踏んでやってきた。作務衣《さむえ》を着ている。

「ご足労、畏《おそ》れ入ります」

正座して、信兵衛たちに頭を下げる。

「いや、こちらに来たのは、たまたまだ」

「たまたまとおっしゃると」

「ある事件で追いかけている人物の持ち物の図会にしおりがしてあったのだが、それがこちらの寺を示していたのだ。それでなにかあるのではないか、と我らは足を運んだに過ぎぬ」

「ああ、さようでしたか。どのような事件に関わりがあるのですか」

「申し訳ないが、それはまだいえぬ。それで、こちらではなにがあったのか」

僧侶が困惑げに顔をうつむけた。

「こそ泥といっていいのか……。いや、なにも盗まれてはいないと思えるのですが。とにかく、お役人、見ていただけますか」

信兵衛と善造は、納所の裏に連れていかれた。そこは木々が茂る小さな庭になっていた。

「そこが何者かに掘り返されたのですよ」

僧侶が小さな石造りの五輪塔を指さす。確かに、その手前の土の色が変わっている。

「猫や犬などではありません。昨夜、拙僧がここで人影を見ています。まちがいなく二人でした。この建物にはお金も置いてあり、ちょっと気味が悪かったものですから、住職とも相談の上、お寺社に調べてもらうことにしたのです」

説明を聞き終えて、信兵衛は五輪塔の手前の土を見た。

「人の手で掘り返されたのはまちがいないようだ。ここになにか埋められていたというようなことは」

「いえ、住職も拙僧も知りません」

「おや――」

信兵衛は、五輪塔の正面になにか刻まれているのに気づいた。

「大蔵様と彫ってあるのか」

「はい、当寺は大久保石見守さまのご寄進によって建立されたのです。大蔵という姓は、大久保石見守さまの旧姓です。当時のこの寺の者たちは大久保石見守さまへの感謝の意味を込めて、この五輪塔を建てたのだと思います」

「でも、どうして旧姓なんですかい。しかも、こんな目につかないところに……。旦那、あっしはいらぬことをいっちまいましたか」

信兵衛の厳しい目に気づいて、善造が両肩を縮める。

「口から出てしまったものは、もう取り返しがつかぬ。――善造、よく聞け。大久保石見守という人は天下の総代官とまで呼ばれた人だったが、死後、神君から罪を得てしまったのだ。それゆえ、当時のこの寺の人たちは、こういう場所を選び、しかも旧姓にさせざるを得なかったのだ」

「ああ、そうだったんですかい。次からは気をつけやす」

「肝に銘じておけ」

「いえ、お役人、そんなにきつくお叱りになることはありません」

信兵衛は僧侶にうなずいてみせた。

「かたじけない」

「お役人、やはり盗られた物はなにもなさそうです」

「では、これで引き上げるが、よいか」

「はい、ありがとうございました」

信兵衛たちは僧侶と小坊主の見送りを受けて、山門をくぐり抜けた。

「旦那、五輪塔の根元を掘り返したのはまちがいなく一色藤ノ介でやすね」

「その通りだ。先ほどの僧侶は二人といっていたから、賭場で知り合った男も一緒だったのだろう」

「なにを取っていたんですかね」

「巻物ではないか」

「えっ、秋重道場の欅と同じですかい」

「俺はそう思う」

「秋重道場にも巻物、龍尾院にも巻物。これはどういうことですかい」

「巻物になにが記されているかわからぬが、一巻では用をなさぬということだろう」

「二巻そろって、初めて役に立つってことですかい」

「三巻かもしれぬ。あるいはそれ以上かもしれぬ」

はっとして足を止め、信兵衛は顎をなでさすった。

「もしや、人がまた一人死んだかもしれぬ」

善造が瞠目する。

「えっ、どういうことですかい」

「善造、この町の自身番に行くぞ。急げ」

信兵衛は足早に歩き出した。うしろをわけがわからないまま善造がついてくる。


麻布竜土町に向かって信兵衛の先導をしつつ、善造が手ぬぐいで顔と腕の汗を拭いた。

「まったく旦那のいう通りでしたねえ。本当に人が一人殺されていましたね。自身番の人たちも旦那が急にあらわれて、びっくりしていましたね。向こうも番所からつなぎを受けて、旦那を捜している最中だったんですものね。それにしても、旦那、どうしてわかったんですかい」

「善造、少しは考えたか」

「考えました。でも恥ずかしながら、わかりませんでした」

少し息を入れてから、信兵衛は自らにもいい聞かせるつもりで話しはじめた。

「歯を抜かれた男の骸が見つかったその日の昼、秋重道場の欅から巻物らしい物が奪われた。もし龍尾院の五輪塔の根元から掘り返されたものがまたも巻物だとしたら、歯を抜かれて殺された者がいるのではないか、と思ったのだ」

「えっ、あっしにはよくわからないんですけど、どうしてそういうことになるんですかい」

「歯が鍵だ」

「歯ですかい。どういう意味ですかい」

「歯に巻物の隠し場所が彫られているのではないかと思うのだ」

「えっ、歯にですかい。そんなことができるんですかい」

「できぬことはあるまい」

「だから、一色藤ノ介は、死骸から全部の歯を引っこ抜いたんですかい」

「そう考えると、辻褄が合わぬか」

「確かに。でも、いったい誰が歯に隠し場所を彫るような真似をしたんですかい。自分ではできやしませんよね」

「誰の仕業か、それはまだわからぬ。ふむ、もしや――」

足を忙《せわ》しく運びながら、信兵衛は考えに沈んだ。

「一色藤ノ介に、男が歯の治療を受けたことが発端か。そのとき男の歯になにか彫ってあることに、藤ノ介は気づいたのではあるまいか」

「だったら、いま一色藤ノ介の相方をつとめている者は、誰に彫られたか知っているってことになりますね」

「少なくとも、見当はついているだろう。——だが、これはどういうことだ」

独り言をつぶやき、再び信兵衛は思案にふけった。

「藤ノ介の治療を受けた者は、歯に彫り物がしてあることをこれまで知らなかったのか。そんなことがあり得るのか」

「不思議ですねえ。歯に彫り物をされたら、さぞ痛いでしょうからねえ」

「薬を使ったかもしれぬ」

不意に善造が足を止めた。信兵衛もすぐさま立ち止まった。

「着いたか」

瀟洒さを感じさせる一軒家の前に町奉行所から中間や小者たちが出張り、自身番からも人が出ていた。

「ああ、和倉の旦那」

枝折戸のところにいた町役人の一人が、ほっとしたように近づいてきた。

「大変なことになっていますよ」

「らしいな。さっそく見せてくれ」

「承知しました。ああ、もう西厳さんが見えています。検死の真っ最中ですよ」

「それはありがたい」

町役人が開けた枝折戸を入り、信兵衛は善造を連れて一軒家に上がり込んだ。

座敷で西厳が助手とともに、死骸の検死をしている。信兵衛に気づき、会釈してきた。

信兵衛も返した。死骸を遠慮がちにのぞき込む。歯が抜かれ、胸を一突きにされている。

この前の死骸と同じだ。まちがいなく、これも一色藤ノ介の仕業だろう。

「おや」

座敷の向こう側に立つ人影に気づいて、信兵衛は目をみはった。

「おう、倉田どのではないか。——いや、和倉どのじゃったな」

治左衛門が近づいてきた。

「秋重どの。なにゆえここに」

「なにゆえもなにも、わしらが仏を見つけたんじゃ」

「わしらというと、七緒どのも一緒ですか」

「七緒も一緒にこの家に来たのじゃが、なにやら思いついたことがあったらしくての、後事をわしに託して出ていってしまったのじゃ。まったくちっちゃい頃から鉄砲玉で、それは今も変わっておらぬ」

七緒どのは、と信兵衛は美しい顔を思い浮かべつつ思った。どのようなことを思いついたのだろう。危ういことをせねばよいが。

「わしらがここに来たのは――」

治左衛門が事情を説明しはじめた。信兵衛は耳を傾けた。善造も、一言も聞き漏らすまいという顔をしている。

「なるほど、事情はわかりました。よくお調べになったものです」

「七緒ががんばったのじゃよ」

治左衛門の顔には誇らしさが浮いている。

顎を引き、信兵衛は確かめるようにいった。

「正覚という祈禱師の下に、三人の高弟がいた。この仏は三人のうちの一人である満隆という男であるということですね」

「じゃあ旦那、この前、殺された男は、残りの高弟のうちの一人ってことですね。智山か崇成」

「そうだ。そして、智山か崇成のどちらかが一色藤ノ介と組んでいる」

「その一色藤ノ介というのは何者かの」

治左衛門にきかれて、わかっていることを信兵衛は余さず語った。

「ほう、そやつがすべての黒幕か。悪いやつじゃの」

「まったくです」

「その悪者に、大事な巻物がすべて渡ってしまったということか」

「かもしれませぬ。おそらく三巻がいま一色藤ノ介の手元にあるのでしょう」

「三巻ですべてそろったことになるのかの」

「高弟が三人ならば、そういうことになりましょう」

「巻物になにが記されているのか知らぬが、まったくもって悔しいの」

「必ず取り戻します」

「頼むぞ、和倉どの」

「力を尽くします」

気がかりがあるかのように、治左衛門が外のほうを見やった。

「七緒のやつはどこに行ったのかのう」

「心配ですね」

「無茶をせねばよいが」

「ここを飛び出す前、七緒どのはなにかいっていませんでしたか」

「なにもいわずに出ていってしもうた。いや、そうではないの。その前にこれをしげしげと見ていたの」

治左衛門が懐から取り出したのは、人相書である。

「これは、祈禱師の正覚どのの人相書じゃ。七緒が描くというのをわしが代わりに描いたのじゃが、これを見て大きくうなずいたあと七緒のやつは、飛び出していったのじゃ」

人相書を受け取り、信兵衛は目を落とした。

「これが正覚という男か」

「二十年ばかり前の記憶を頼りに描いたものゆえ、そのことを頭に入れて見てくれるとありがたいの」

うなずいて、信兵衛はつたない筆で描かれている男の顔を見つめた。じっと見続けたが、見覚えはない。これまで一度も会ったことがない男だ。

「あれ、あっしはその顔、どこかで見たことありやすぜ」

うしろから人相書を見ていた善造が声を上げた。

「まことか。善造、よく見ろ」

信兵衛は善造に人相書を持たせた。善造が人相書を顔にぐっと近づける。しばらくその姿勢を取っていた。

「旦那」

善造が顔を上げた。

「わかったか」

期待を込めて、信兵衛はきいた。

「いえ、駄目です。思い出せやせん」

「そうか」

思い出せないものを、なんとかしろと命じたところで意味はない。

「仕方あるまい。そのうち思い出すだろう。人の記憶というのはそういうものだ」

「すみません」

体の向きを変え、信兵衛は治左衛門に相対した。

「秋重どの、この人相書を写させてもらってもよろしいか」

「むろんじゃ。差し上げてもよいぞ」

「いえ、自分で描いたほうが、本人の感じが掌中にしたようにつかめます」

新しい人相書を目にすれば、見方も変わって、善造がどこで正覚と会っているか、思い出すのではないかという期待もある。

懐から紙を取り出した信兵衛に、心得顔で善造が矢立を渡してきた。

筆に墨をたっぷりとなすりつけ、信兵衛は正覚の人相書の写しをはじめた。

すぐにできあがった。

「こいつはすごい出来じゃの」

墨を乾かすために善造が掲げている人相書を目の当たりにして、治左衛門が感嘆の声を発した。

「おぬし、やるの。名人じゃ。やはり探索にたずさわっている者は、こういうことも手練なのじゃな」

治左衛門は心からほめている。信兵衛は微笑を返すにとどめた。

善造が真剣な顔で、新たな人相書を見つめている。ため息をつき、申し訳なさそうに頭を下げた。

「旦那、済みません」

「そうか、わからぬか」

この正覚という男に、と信兵衛は考えた。七緒は最近、会ったのだろう。

前からの知り合いということはまずない。知り合いならば、わざわざ人相書を懐から取り出して確かめるまでのことはしないのではないかと思える。

「七緒どのは最近、誰かに会ったといっていませんでしたか」

信兵衛は治左衛門に問いをぶつけた。

「さあてのう」

うつむいて治左衛門が考え込む。

「わからぬの。――和倉どの、七緒は正覚どのに会いに行ったのじゃな」

「そういうことでしょう。七緒どのは、正覚どのの居場所を知っているのです」

危うい真似をせぬでいてくれればよいが。

今の信兵衛にできるのは、七緒の無事を祈ることしかなかった。

第四章

一

——むう。

うなり声を発した智山が間髪を容れず大きな声を上げた。

「わかったぞ」

腕枕を解くや起き上がり、藤ノ介はすぐさま問うた。

「なぜ龍尾院に巻物がなかったかだな。誰が取っていった」

「考えられるのは一つだ。師匠が取っていったにちがいあるまい」

「師匠というのは、正覚のことか」

眉根を寄せ、藤ノ介は厳しい顔になった。

「正覚はまだ生きておるのか」

「噂では死んだことになっているが、ごきかぶりのようにどこかでしぶとく生きているのだ。死んだという噂自体、師匠がまいたものかもしれん。調伏の事実が相手方に露見し、命が危うくなっていたからな。死んだことにしてしまえば、追っ手の動きも鈍ろう」

うむ、とうなずいて藤ノ介は智山の顔を見つめた。

「おぬしや崇成、満隆の歯に巻物の隠し場所を刻みつけ、三巻の巻物を隠したのも正覚だろう。その正覚が、なにゆえ龍尾院から巻物を奪う」

「知れたこと。俺たちに売りつけるためだ」

瞬き数度ほどのあいだ、藤ノ介は考えにふけった。

「北日ヶ窪町の路地で崇成が殺されて歯を抜かれたのを知った正覚は、誰がなにを目当てにそのような真似をしたのか、覚ったというわけか」

「師匠は、これは金になると踏んだのだろう。俺たちに先んじて龍尾院に行き、五輪塔の根元を掘り返したのだ」

「そういうことなら、正覚は虎山《こざん》神社の力石の根元も掘ったかもしれぬな」

「だが、残念ながら虎山神社には巻物はなかった。あそこの巻物は、俺たちがすでに手に入れていたから」

「虎山神社に巻物がなかったということで、誰が崇成を殺したのか、正覚は知ったのであろうな」

もし崇成を殺したのが満隆ならば、正覚は龍尾院で巻物を入手してはいない。虎山神社の巻物がないことを知った正覚は、智山かその息のかかった者が崇成を殺したことを覚ったはずなのだ。

「だが智山。売りつけるとして、どうやって正覚は俺たちにつなぎを取るつもりだ。俺たちの居場所など、知らぬだろう」

目を上げて、藤ノ介は狭い家の中を見回した。一軒家だから、長屋のように隣の者の耳はさほど気にせずに済むが、町なかのことゆえ、あまり大きな声は出せない。戸口には休みの看板をつり下げてあるから、客が来ることはないだろうが、おとなしくしているにしくはない。

「師匠は、とにかく鼻が利くのだ。この家で俺が目明きの按摩をしていることも、とうに知っているのではないか」

「おぬしのほうは、正覚がどこでなにをしているのか、知らぬのだな」

「迂闊なことにな」

悔しげに唇を嚙む智山を見やって藤ノ介は腕を組み、首をひねった。

「それにしても、正覚はなにゆえ金をほしがるのだ」

「考えるまでもない。貧しているのだ」

「だが、巻物には大久保長安の秘宝のありかが記されているのだろう。もともと巻物は正覚の持ち物だ。秘宝がどこにあるかなど、はなから承知しているはずだ。巻物を俺たちに売り渡さずとも、その秘宝のある場所に行きさえすれば済むことではないか」

「大久保長安の末裔《まつえい》である大蔵家の使命は、先祖の秘宝を守り続けることだ。いくら窮したからといっても、掘り返すことは許されておらんのだろう」

「その使命を守ろうとするならば、なおさら伝来の巻物を売り渡そうとする気持ちが俺には解せぬ。それに、秘宝はとてつもない額だろう。それに比べれば、巻物を売り渡すことで得られる金など、たかが知れているではないか」

「確かにな」

額に深い横じわをつくり、智山が思案に暮れる。やがて顔を上げた。

「もしかすると、師匠は秘宝の隠し場所を失念したのかもしれん」

「失念だと」

「道場をたたんだ二十年前から、師匠は耄碌しはじめていた。もし伝来の巻物を紛失したり、盗まれたりしたとき、秘宝の隠し場所がわからなくなるのを恐れ、高弟三人の歯に巻物の隠し場所を刻みつけるという大胆な真似を思いついたのではないか。師匠は老い先短い身だ。使い切れないほどの莫大な財宝を掘り出すよりも、俺たちから得られる金で余生を過ごしたほうがよいと考えたのかもしれん」

「もともと巻物には秘宝のありかが記されておらぬのではないか」

「そんな馬鹿なことがあるか。あってたまるものか」

智山が秋重道場の欅から奪った巻物をさっと掲げた。

「だったら、これにはなにが記されているというのだ」

「それはわからぬ。今のところ、ただの漢字の羅列にすぎぬ」

手元にある二巻の巻物には経のように漢字が連ねてあるだけで、秘宝の隠し場所を示しているような記述はどこにも見当たらない。

顔をゆがめ、智山が歯を食いしばる。

「二巻だけでは足りんのだ。三巻そろったとき、必ず秘宝のありかが判明するに決まっている」

「俺もそう願うが」

「そうでなくては、どうして師匠が我らの歯に巻物の隠し場所を彫りつけたりしたのか、意味がわからなくなる。巻物に記されたことがこれ以上ない大事なことだからこそ、そこまでしてのけたのだろう」

「その通りだな」

逆らうことなく藤ノ介は相槌を打った。唾を飛ばすように智山が言葉を続ける。

「崇成と満隆のことは知らぬが、昔、俺一人が呼ばれて師匠の部屋に行ったとき、修行によく効くものだから、と妙な茶を飲まされたことがある。その後の記憶が、なにしろおぼろげで定かではない。あのとき師匠に怪しげな薬を盛られ、俺は歯に文字を彫りつけられたのだろう。崇成、満隆もきっと同じことをされたにちがいない。師匠がそこまでしてのけたにもかかわらず、巻物が秘宝のありかを示すものでないと考えるほうが、無理があるのではないか」

「そうだな」

智山から目をはずし、藤ノ介は子供の声がする外のほうを見やった。閉めきられた腰高障子に陽射しが当たっている。近くの路地を駆け抜けていったらしい子供の声は、やがて聞こえなくなった。

もし秘宝のありかでないとしたら、と藤ノ介は考えた。巻物には、いったいなにが記されているのだろう。なにも意味をなさないということは考えられないか。

そんなことはない。でなければ、智山のいう通り、正覚がなぜ歯に巻物の隠し場所を彫りつけるような真似をしたのか、わけがわからなくなる。それでも、俺は無駄な殺生をしたのではないか、という気持ちが込み上がってくるのを藤ノ介は抑えられない。

智山と知り合わなければ、こんなことにはならなかった。だが、今さら悔いたところではじまらない。今はとにかく前に進むしかない。それで力尽きて倒れたとしても、おのれの運命だろう。黙って受け容れるしかないのだ。

幼い頃から、つきというものに縁がない人生だ。それは長じた今も変わらぬのか。これまでの人生の逆転を賭けて、自らの命を賭した挙に出てみたものの、またも裏目に出たかもしれぬ。

土岐蔵一家で長いこと用心棒をしてきたが、とにかく暇で仕方なかった。賭場にいても、こちらの腕を恐れてか、騒ぎなどまったく起こらないのだ。どうやってときを潰すか、藤ノ介はいつもそればかりを考えていた。

ある夜、藤ノ介の目は、ふと一人の男に引きつけられた。痩せて貧相な顔つきをした男に過ぎなかったが、せっかく賭場に遊びに来たというのに、どうやら歯痛に苦しんでいる様子だった。それを見かねた藤ノ介は自分の部屋に連れ帰り、男の口中を診たのだ。

虫歯ではなく、何本もの奥歯がひどく欠けていた。もはや抜くしかなかったが、とりあえず歯痛に効く薬を塗ってやった。そのとき、男の奥歯に八つの平仮名が彫られているのを藤ノ介は知ったのである。

歯に彫り込まれた文字を目の当たりにするのはむろん初めてだった。藤ノ介は心の底から驚き、ただしてみたが、智山と名乗った男は自らの歯に文字が彫られていることなどまったく知らなかった。舌で奥歯に触れたとき、違和感はあったものの、そこに文字が彫られていようとは考えたこともなかったという。

八つの平仮名とはなんなのか、と智山がたずねるから、藤ノ介は手前の歯から順番に告げた。

歯の一応の治療が終わったあと、考え込んだ末に智山が、その八つの平仮名の組み合わせは『こさんちからいし』ではないか、といった。『こさん』というのは虎山神社のことで、大久保長安の寄進によって建てられており、大蔵家と深い関係があると智山から藤ノ介は教えられた。

藤ノ介に恩に着たらしい智山がさらに、虎山神社に大久保石見守長安の秘宝が埋められているかもしれない、と驚くべきことをいった。夜明けを待つことなく藤ノ介は智山とともに虎山神社に出かけ、暗闇の中、力石と呼ばれる俵ほどもある石の根元を掘ってみた。

そうしたら、本当に桐の箱に入った巻物が出てきたのだ。期待を抱いてその巻物を開いてみたが、その一巻だけではさっぱり意味が判じなかった。

ほかにもまだ巻物があるのだと智山がいい、我が師匠は三人の高弟すべてに同じことをしたのだと断じた。

それで、他の二人の高弟の居場所を藤ノ介と智山は調べてみた。二人ともさほど手数をかけることなく、住みかが知れた。

崇成は小さな寺に一人で住み、そこで祈禱師をしていた。三日に一度は夜回りの行をしていることを突き止め、藤ノ介は有無をいわさず崇成を殺したのだ。息の根を止めることなく歯を奪うことはできない。

奪った歯を、長く空き家であることを確かめてあった江崎屋の別邸に持ち込み、組み合わせてみたところ、『とうしようけやき』となったのである。

智山によれば、以前、正覚の道場があったところには確かに欅の大木があり、巻物程度なら十分におさめられそうなうろがあるとのことだった。

今は秋重道場という剣術道場になっており、そのために藤ノ介は一芝居打って道場の者たちを眠らせ、欅のうろから巻物の入った箱を持ち去ったのである。

巻物は二巻になったが、案の定、秘宝の隠し場所につながるような記述はなかった。藤ノ介と智山としては、三巻目を手に入れる必要があった。

虎山神社に一巻が隠されていたのなら、その対になるはずの龍尾院に満隆の巻物はあるのではないか、と藤ノ介と智山は満隆を害する前に見当をつけていた。

だが、龍尾院の境内は広く、隠し場所が特定できない限り、巻物を見つけ出すことはできそうになかった。

できることなら、藤ノ介としては満隆を殺したくはなかった。満隆は、ときおり願人坊主のような真似をして小金を稼いでいる様子だった。崇成を殺し、すべての歯を奪っただけでも町奉行所の追及の手は厳しいだろうに、さらに満隆まで同じ手口で殺したりすれば、もはや逃れようがないだろう。

だが、秘宝に向かって突っ走る以外の道を選ぶことはもはやできず、昨夜、藤ノ介は眠っている満隆を襲って殺し、すべての歯をくり貫いた。その場で明かりをつけて確かめたところ、満隆の歯には、智山や崇成よりも一文字多く、『りゆうひこりんとう』と彫り込まれていた。

やはり龍尾院だったか、とうなずき合った藤ノ介と智山は満隆の家を出たその足で龍尾院に向かい、深夜、音を立てぬように五輪塔の下を掘った。

だが、そこに巻物の入っているはずの箱はなかった。誰かが先に掘り返したことを明かすかのように、土は妙に軟らかかった。

これはいったいどういうことだ、と藤ノ介が智山をにらみつけたとき、納所からこちらに感づいたような者の気配がした。藤ノ介と智山は、手ぶらで龍尾院をあとにするしかなかった。

「正覚が満隆の巻物を売りつける気であるのなら、とにかく待つしかないな」

畳の上に横たわり、藤ノ介は腕枕をした。

「藤ノ介さん、疲れておるのか」

気がかりそうに智山が声をかけてきた。

「土岐蔵にいわれてこれまで何人も始末してきたが、これほど疲れたことはなかった。たかが二人をあの世に送っただけでこんなふうになってしまうとは、俺も歳だな」

「もんでやろうか」

目を上げ、藤ノ介は智山を見やった。

「いいのか」

「藤ノ介さんには、いろいろと世話になった。そのお返しよ。そっちの布団に横になってくれるか」

智山が隣の部屋を指さす。敷きっぱなしの布団に、藤ノ介はごろりと横になった。智山がにじり寄る。

「よし、腰からやるか」

智山の両手が静かにのり、腰のあたりをそっとさすりはじめた。

「おう、ずいぶん凝っているな。こいつはもみ甲斐があるぞ」

智山がうれしそうにいった。

深くゆったりもまれる心地よさに、藤ノ介は眠るように目を閉じた。あまりの気持ちのよさに二人の男を殺し、歯を奪った血生臭さを忘れられそうだ。

だが、そんなことは決してあり得ない。

つかの間ですら頭から消えることはない。

それでも、しばしのあいだ、うとうとした。それがうつつに引き戻されたのは、戸口で人の気配と物音がしたからだ。

智山はまったく気づいておらず、無心に藤ノ介の腰や背中、肩をもんでいる。

「おい、誰か来たぞ」

顎を上げ、藤ノ介は伝えた。

「えっ」

智山の手が止まる。

「もうおらぬ。帰ったようだ」

「見てこよう」

立ち上がった智山が腰高障子を開け、上がり框から土間におりた。外の気配をうかがってから、障子戸を横に滑らせる。

「おっ」

声を出して、かがみ込む。文のようなものを手にして、布団に起き上がった藤ノ介のところに戻ってきた。

「石を重しに、こんなものが置いてあった」

「正覚の文ではないのか。智山、さっそく読んでみろ」

うむ、と答えて智山が文を開いた。目が上下にしきりに動きはじめる。

読み終えた智山が文を手渡してきた。

受け取って、藤ノ介は短い文面に目を落とした。

「智山のいう通りだったな。おぬしの師匠、なかなか度胸があるではないか」

藤ノ介は智山に笑いかけた。先ほどまでの沈鬱《ちんうつ》な気分は去り、今はやる気が心の底からわき上がってきている。

二

正覚という読みをひっくり返せば、鶴唱になる。

このことからも七緒は、鶴唱の前身は正覚にちがいない、と確信していた。

あと少しで麹町八丁目の裏路地というところまで、やってきている。午後になって薄い雲が空一面に広がり、陰った日が家々の屋根にほんのりと当たっている。

その中に、鶴唱の家の屋根も見えていた。風は少し冷たく、いつの間にか夏が去ったことを実感させる。

鶴唱に会ったら、七緒はじっくり話をするつもりでいる。そうすれば、誰がなんの目的で道場の欅から巻物を持ち去ったか、きっと知れよう。巻物になにが記されているかも、わかるだろう。誰がどのような目的で巻物を欅に隠したのか、そのことも知りたくてならない。

つと、背後から軽やかな足音がし、七緒が振り返ると、十歳ほどの男の子が笑みを浮かべて会釈をし、あっという間に追い越していった。男の子は突き当たりを右に折れ、鶴唱の家が建つ裏路地に入っていった。

少し遅れて七緒が角を曲がると、先ほどの男の子が鶴唱の家の戸口に立ち、鶴唱の名を呼んでいた。

はっとして七緒は立ち止まり、木の塀の陰に身をひそめた。自分でも、どうして隠れなければならないのかわからなかったが、体が勝手に動いていた。

男の子の呼びかけに応じて、鶴唱が外に出てきた。

二人の様子を、七緒はそっとうかがった。

うまくやったか、とたずねる鶴唱の声が七緒に届く。もちろんだよ、と男の子が自慢げに答える。おいらのやることに抜かりはないもの。それを聞いた鶴唱が小さく声を出して笑い、よしよし、といって男の子にいくばくかの駄賃をやった。

破顔して駄賃をぎゅっと握り込んだ男の子が、また用があったらいってよ、きっとうまくやるからさ、と手を上げて、七緒がいるのとは反対の方向へ駆け去った。

それを見送って、にやりとした鶴唱が家に引っ込んだ。七緒は路地に足を踏み出そうとしたが、すぐにとどまった。

鶴唱が再び路地に出てきたのだが、その顔があまりに険しいものだったからだ。この前、占いをしてもらったときの柔和な表情とは、まるで別人である。

それだけでなく、鶴唱は細長い風呂敷包みを抱えていた。その風呂敷包みは、道場の欅のうろから持ち出された木の箱がちょうど入るくらいの形と大きさだ。

あの風呂敷包みには、と七緒は思った。例の巻物が箱ごと入っているのではないか。七緒には、そうとしか思えなくなった。

まずいことに、鶴唱はこちらに向かって歩いてくる。木の塀に背中をそわせて素早く動いた七緒は、家と家のあいだの狭い隙間に身を入れた。そこは椿の木が葉を茂らせており、路地から見えにくくなっている。

七緒に気づくことなく、鶴唱が目の前を通り過ぎる。

心中で十を数えてから、七緒は家と家の隙間を出た。すでに鶴唱は角を曲がっており、路地から姿を消している。

七緒は足早にあとを追った。

通りに出ると、急ぎ足で歩く鶴唱の姿が、十間ほど先に見えた。西に向かっている。どこに行くのだろう。足を速め、わずかに距離を縮めて七緒は考えた。先ほどの鶴唱の険しい顔が、脳裏によみがえる。あれは、なにか覚悟を決めたような表情に感じられた。

鶴唱はなにをする気なのだろう。誰かと会うのだろうか。それはもしかしたら、巻物に関係している者ではないだろうか。

後ろを振り返るような真似はまったくせず、迷いのない足取りで鶴唱はずんずん歩を進めてゆく。西を目指していたのが方向を変え、今は南へと足を向けている。
五、六間の距離を空けて、七緒は大勢の人々が行きかう中を慎重につけていった。
その後、半刻ばかり歩き続けたが、鶴唱に足を止める気配はない。まわりは畑と百姓家ばかりになり、道行く人もまばらになった。

これはまずい、と七緒は焦りを覚えた。十間以上もへだてているとはいえ、もし鶴唱に振り向かれたら、確実に見つかってしまう。こんな田舎で偶然に会うことなど、あり得ない。つけてきたことは、ごまかしようもなくばれるだろう。

道脇の地蔵堂の陰にしばらく隠れ、七緒は少し距離を置くことにした。幸い、あたりは江戸にしては平坦な場所で、見通しがまずまず利く。少し離れたくらいでは、鶴唱の姿を見失うことはなさそうだ。

それにしても、と七緒は思った。いま自分はどのあたりにいるのだろう。渋谷村のほうだろうか。さっぱりわからない。こんなところまでやってきたのは、初めてのような気がする。

地蔵堂の陰からのぞいてみたが、遠ざかってゆく鶴唱の歩調は変わらない。いったいどこまで行くつもりなのか。

こんもりとした林の陰に入り、ふと鶴唱の姿が見えなくなった。一本の道が林の先に続いているのは見えている。だが、鶴唱はなかなか姿をあらわさない。

——おかしいな。

思い切って、七緒は地蔵堂の屋根に登ってみた。もし人に見られたら、なんと罰当たりな、と叱られるにちがいないが、今はどうしようもない。

地蔵堂の屋根の上に立ってみたが、鶴唱の姿は林の陰に隠れたきりである。あの林の中に鶴唱は入ったということか。気づかれて撒《ま》かれたということも十分に考えられるが、それはないのではないか、という気が七緒はしている。

林をじっと見つめ続けた。樹間に建物の屋根らしいものが見えている。あれは社ではないか。

村の鎮守といったところか。屋根は、遠目でもいかにも古ぼけているのがわかる。ほかに建物などなさそうな境内で、鶴唱はなにをする気なのだろうか。

近づくべきか。ここでじっと見ているよりも、そのほうがずっとよい。屋根を蹴《け》り、七緒はひらりと飛び降りた。

地面に足を着くと同時に走り出す。道沿いには進まず、畑と畑のあいだの細道を突っ切って裏手から林へ近づいていった。

畑と林の境目には細い溝が掘ってあり、ちょろちょろと水が流れていた。神社の境内から湧き出ている小川のようだが、さすがに田を潤すまでの水量はなく、この近辺が畑ばかりなのが納得できた。

地蔵堂の屋根の上から見たときはさほど大きな林とは思えなかったが、背後から分け入ってみると、意外に奥行きがあって、半町ほど先に社殿が見えるだけだ。木々が覆いかぶさるように枝を伸ばし、陽射しがさえぎられた地面には背の低い草が生い茂り、狐か狸らしい糞《ふん》が散見される。

鶴唱はどこにいるのか。一本の杉の大木に身を寄せて七緒はじっと見た。わからない。もっと近づく必要があるようだ。

七緒は体を低くして、二十間ばかり近寄った。もう社殿から十間もない。まだ鶴唱の姿は見えてこない。

さらに木と木とのあいだを縫うように進み、こぢんまりとした社殿の背後の壁に背中を貼りつけて、表側に人の気配がないか、七緒は嗅いでみた。

人がいるのが知れた。息づかいがなんとなく感じられる。鶴唱は、社の階段に腰を下ろしているのではあるまいか。

ここでいったいなにをしているのか。まさか暇潰しに来たわけではあるまい。人と待ち合わせをしているのではないだろうか。

なにをしているのか、面と向かってききたい衝動に駆られたが、そんなことをしたら、せっかく気づかれずにつけてきたのが台無しになってしまう。七緒は社の壁に背中をもたれかからせた。

それから四半刻ばかりなにごともなく過ぎたが、やがて砂利を踏む足音が聞こえてきた。はっとして七緒は背筋を伸ばし、耳を澄ませた。神社の入口のほうから、足音は近づいてくる。どうやら二人だ。

ぎし、と板がきしむ音がした。鶴唱が立ち上がったようだ。

「お師匠」

呼びかける男の声が間近に聞こえた。七緒とは社殿を挟んで、すぐの位置だろう。

「何年ぶりかな。老いたりとはいえ、なかなか元気そうではないか」

「智山、おまえもな」

智山といえば、と七緒はすぐさま思い出した。正覚の高弟の一人ではないか。やはり鶴唱は正覚なのだ。

「横にいるのは友垣か。酷薄そうというか、残忍そうというか、悪相そのものだな」

ということは、と七緒は思い当たった。あのからくり人形師も一緒ということだろう。

そうか、と七緒は覚った。からくり人形師と智山がぐるになっていたのだ。となると、最初に殺され、歯をすべて抜かれたのは、崇成という男だろうか。おそらく、この推測はまちがってはいまい。

「智山、金は持ってきたか」

やや甲高い声で鶴唱がたずねる。

「そちらこそ三巻目は持ってきたのだろうな」

三巻目、と七緒は目を見開いた。例の巻物は全部で三巻あるということか。道場の欅から盗まれたのは、そのうちの一巻にすぎなかったということだろう。

「この通りだ」

鶴唱が、風呂敷包みを掲げてみせたのがわかった。

「智山、早う金をくれ」

「いくらだったかな」

「いわせるのか。ただの百両よ。それでわしは余生を安楽に暮らせる」

「師匠、俺たちにそれだけの大金があると思っているのか」

「大金を持っておらずとも、人殺しを平気でやれるのなら、工面の手立てはいくらでもあろう。押し込みをやれば、百両くらいすぐに手に入ろう。智山、払わんのなら、この巻物はやらぬ」

「──おい、正覚」

新たな声が聞こえた。これまで黙っていた智山以外のもう一人の男で、腹を揺さぶるような凄《すご》みを感じさせる声音である。

やはりあのからくり人形師だ、と七緒は確信した。

「三巻の巻物には、いったいなにが記されているのだ」

「なにが記されているのかわからずに、人を殺したのか」

智山といま問いを発したからくり人形師が、満隆たち二人を殺し、すべての歯を抜いたということなのだろう。

ここに和倉信兵衛さまがいらっしゃれば、と七緒は思った。手柄を立てることができるのに。

「正直にいえば、そうだ」

「おまえ、名は」

「藤ノ介だ」

あのからくり人形師は、藤ノ介という名なのだ。

「侍である以上、姓があろう」

武家なのか、と七緒は思った。武家にあれだけ精巧なからくり人形がつくれるものなのか。

「姓などよかろう」

藤ノ介がいい放つ。

「正覚、改めてきくぞ。巻物に記されているのは、大久保長安の財宝のありかか」

「残念ながらそうではない」

「嘘だっ」

まわりの木々を揺るがすような勢いで、智山が叫んだ。

「嘘ではない」

鶴唱の声が厳かに境内に響く。

「もし秘宝なら、とうにわしがめておる。いや、わしでなくとも、先祖の誰かがとうに掘り出しているはずだ」

「財宝のありかでないとしたら、なんだ」

冷徹さを感じさせる声で藤ノ介がきく。

「三巻の巻物に記されているのは、呪文にすぎんのだ」

「なんの呪文だ」

さらに藤ノ介がたずねる。すぐさま鶴唱がきき返した。

「藤ノ介とやら、大久保石見守さまが次から次へと鉱山を開くことができたのは、なぜだかわかるか」

「天賦の才があったからではないのか。余人にはない才を、大久保長安という男は持っていたのだろう」

「確かに天才だったのは疑いようがない。だが、それだけでこの国の鉱山のほとんどを開発し、花開かせられるはずもなかろう。その秘密こそが、この巻物にある」

「どのような秘密だ」

かすかに藤ノ介の声がうわずったように、七緒は感じた。

「なに、たやすいことよ。三巻の巻物すべてに記されている呪文を唱えれば、金山だろうが銀山だろうが、思いのままに見つけることができるのだ。呪文を唱えたとき、そこから十里以内に鉱山があれば、そこへ行く道を頭の中に示してくれる」

「だが晩年、大久保長安は、新たな鉱山を見つけることができなくなったはずだ。それだけでなく、すでに見つけていた鉱山のほとんどが涸《か》れはじめ、それがために東照大権現にうとまれて、死後、不正蓄財という罪をでっち上げられ、そのせがれたち七人は全員が斬られたのではないか」

「よく知っておるな。——呪文さえ唱えれば、思いのままに見つけられるといっても、日の本の国の中ではどうしても限界がある。国土が異国に比べれば狭く、金山や銀山の数は限られておるからな」

「ならば、異国に行けば見つけられるというのか」

「金脈や銀脈さえあれば、必ず見つけられよう。この巻物に記されている呪文は、ないものを現出させるというような秘術ではない。これまで他の者が見出せなかった鉱山を、見つけることのできる業だ。この呪文があったればこそ、大久保石見守さまは栄華を手に入れることができたのだ」

「本当にこの国の鉱山はすべて、掘り尽くされたのか」

「さて、どうだろうかな。蝦夷地《えぞち》あたりを探せば、まだ残されているかもしれん。そこまでは、さすがの大久保石見守さまの手も及んでおらんだろう」

「――師匠」

いきなり智山が声を張り上げた。

「今の言葉がまことならば、巻物などとうに無用の長物ではないか。この国ではもはや役に立たん。それなのに、なぜ我らの歯に巻物のありかを刻みつけるような真似をした」

「知れたこと、秘術を絶えさせるのが惜しいからだ。おまえも知っての通り、当時のわしは耄碌しはじめていた。今のほうがよほど頭は冴えておる。――耄碌するのと同時にわしは、三巻の伝来の巻物を盗まれるのではないか、という恐れに常に脅かされるようになった。せっかく先祖より受け継いできた巻物を、わしの代で失するわけにはいかん。どうすればよいか考えた末、わしは若いおまえたちの歯に巻物の隠し場所を彫りつけることにしたのだ。わしはそれから安んじて眠れるようになった」

「笑わせるな、師匠。どのみち秘術など失うしか道はなかったはずだ。師匠には跡継がおらんのだ。受け継ぐ者がおらんで、どうやって次代の者に渡すというのだ」

「確かに、おまえのいう通りだ。だが、あのときのわしにはそれが最善の手立てに思えたのよ」

「勝手ないいざまよな。だがなぜ我らの歯を選んだ。隠し場所を記すのなら、別に歯でなくともよかっただろう」

「自分でも当時の気持はよくわからぬが、あの頃わしは入れ歯をつくってもらったばかりだった。そのせいかもしれん」

「師匠、とにかく我らに金はない。巻物をおとなしく差し出せば、命は取らんでやる」

「智山、五十両でよいのだ」

それを聞いた智山が盛大にため息を漏らし、力なく首を振ったのが知れた。

「師匠、わかっておらんな。百両も五十両も同じことよ。そのような大金は、どこを探したところで我らにはないのだ」

「おまえらになくとも、あるところにはあるぞ。一つ例を挙げてやろう。得沢屋《とくざわや》という店を知っておるか」

「材木問屋の中でも指折りの大店だ」

「得沢屋の隠居篤右衛門《あつえもん》は、大久保石見守さまに憧れを抱き、夢中になって業績などを調べておる。それだけでなく、遺品や関係の品々を収集しておる。大久保石見守さまの秘術が記された巻物となれば、いったいどれだけの値をつけるだろうか。五百両にはなるのではないか」

「それほどの高値になるのだったら、師匠が売りつければよいではないか」

「智山、三巻そろっていなくては、価値がないのだ」

「なるほど。ならば、なおさら師匠の巻物をいただかねばならん」

じりっと土をにじる音がした。

「冗談ではない。これは金と引き替えよ。おぬしらに五十両という金ができたときを見計らい、またつなぎをつけさせてもらう。さらばだ」

鶴唱はさっと体をひるがえしたらしかった。

「そうはさせぬ」

鋭い声と同時に、刀が抜かれる音がかすかに響いた。

鶴唱は歳だ。ここまでの足取りは健脚そのものだったが、いざ刀に襲われたら逃げることなど、まずかなうまい。ひとたまりもなく殺されてしまうだろう。

懐から橙頭巾を取り出し、七緒は手早くかぶった。地を蹴りながら刀を抜き放ち、社の表側に回る。

風呂敷包みを抱きかかえて必死に逃げる鶴唱の背中に、藤ノ介が刀を振り下ろそうとしていた。

「危ないっ」

七緒が声を発すると同時に、くれてやるわいっ、とやけくそのように鶴唱が大声を上げて、風呂敷包みを藤ノ介に投げつけた。それを両断しかかったものの、藤ノ介がぎりぎりで刀を止めた。

駆け寄った智山が、地面に転がった風呂敷包みを拾い上げる。

それでよし、といわんばかりに智山にうなずきかけた藤ノ介が、ちらりと七緒を見た。橙色の頭巾に目をとめ、いぶかしげに眉根を寄せたが、すぐに逃げる鶴唱を追いかけはじめた。

大股に走った藤ノ介は一気に鶴唱に追いつき、がら空きの背中に刀を見舞おうとした。

――そうはさせない。

心中で叫んで七緒は割って入り、振り下ろされた刀を自らの刀で弾き上げた。がきん、と強烈な衝撃があり、七緒の腕はしびれた。

「邪魔立てするか」

わめくようにいって藤ノ介が刀を手元に引き戻し、七緒をにらみつけた。

「きさま、何者だ」

「橙頭巾よ」

刀を正眼に構え、七緒は昂然といい放った。

「女か。橙頭巾とはふざけた名よ」

わずかに刀尖を上げ、顔を傾けた藤ノ介がじろりと見てくる。

目だけを動かして、七緒は鶴唱を見た。一本の松の袂《たもと》で立ち止まり、こわごわとこちらを見ている。

「早くお逃げなさい」

一喝するように七緒がいうと、ああ、と口を動かして鶴唱がきびすを返した。木々のあいだを転ぶようにして走ってゆく。

智山は追おうとしていない。巻物を手に入れたことに満足しているようだ。ただ、巻物が本物なのか、気になった様子で、その場で風呂敷を開いて中を改めはじめた。

顔を上げ、ほっとしたように智山が藤ノ介に笑いかけた。

うむ、と智山に真剣な顔で顎を引いてみせ、藤ノ介が七緒に向き直る。

「おぬしの声には聞き覚えがある。秋重道場の娘だな。名は七緒だったか」

「声だけでわかるなんて、大したものね」

「女、まこと邪魔立てする気なのか」

「目的は達したのだから、無益な殺生を重ねる必要はないでしょう」

五間ばかり離れた場所で風呂敷包みをしっかりと抱えて立つ智山に、七緒は目を当てた。林の外に走り去ったようで、鶴唱の気配はまったく感じない。

「うむ、確かにその通りだ」

意外な素直さで藤ノ介が首を縦に振った。

「でも、私には邪魔立てという気はない。あなたたちのような悪人を引っ捕らえずにいられないだけ」

ふん、と藤ノ介がせせら笑う。

「寂れているといっても、その若さで剣術道場の師範代をつとめるほどだ、腕に自信はあるのだろう。だが、しょせん女でしかない。俺を捕らえることなどできぬぞ」

「できるに決まっているでしょ。私は勝つ。正義は必ず勝つのよ」

馬鹿な、と藤ノ介が冷笑を漏らす。

「いかにも娘っ子らしく、甘っちょろいことをいうものよ。この世に正義など、あると思っているのか」

「なかったら、この世は真っ暗闇じゃないの。悪が栄える世なんて、冗談じゃない」

「おぬしがなんといおうと、今も悪は栄えているぞ」

「そうかもしれない。でも、私の目の前で悪が勝つようなことを許すものですか」

「女、俺とやり合うとなれば死ぬぞ。おぬしが相当の美形であるのは承知している。斬るのは、あまりにもったいない。それに、あのときの粥は実にうまかった。空腹に染み渡るようだった。そんなおなごを斬りたくはない。考え直せ」

「私が考え直すなんてことは金輪際あり得ない。斬れるものなら、斬ってごらんなさい」

「こうまでいっても駄目か」

無念そうに顔をしかめ、藤ノ介が首を横に振る。

「よかろう。望み通りにしてやろう。その派手な頭巾ごと、頭を叩き割ってやる」

かすかに腰を落として刀を八双に構え、藤ノ介が気迫を充満させた。一本差の七緒とはちがい、腰に脇差を差している。刀を構えた姿が意外に美しい。隙がなく、人を威圧するいものがある。

この藤ノ介という男はからくり人形師としても、剣士としても大成したのではあるまいか。だが、どちらもそうなる前に、まっすぐに歩くのを放棄したのだ。

そんな男に負けるはずがない。そうは思うものの、なにぶん真剣での勝負は初めてで、七緒の足は震えている。

それを藤ノ介に覚られたくはない。だが震えを止めようとして足に力を入れれば、動きがどうしても鈍くなる。

いや、今は袴《はかま》をはいている。足の震えを見られることはまずない。

こんなことを失念していたとは、真剣を向け合っていることに、やはり平静さを失っていたのだ。

木々の間隙から入り込む細切れの太陽の光が藤ノ介の持つ真剣に当たってぎらつき、それが七緒の目を射る。少しまぶしく、視野がさえぎられる。

わざと光を当てているのだ、と七緒は思い当たった。そのときには藤ノ介は突っ込んできていた。刀が上段に振り上げられている。と七緒が見た瞬間、すでに刀は振り下ろされていた。

七緒は飛びすさったが、鷹《たか》が獲物をつかむかのように刀はぐいっともうひと伸びを見せ、頭を斬り割ろうとした。

咄嗟《とっさ》に首を傾け、七緒は刀をかわそうと試みた。だが、間に合ったか、正直、心許なかった。

すぱり、と頭巾が裂け、左側のほうがだらりと垂れ下がった。

再び刀を八双に構えた藤ノ介が感心したようにいう。

「よくよけたものよ。かわいらしい顔が見えるようになったぞ。もっと見えるようにしてやろう」

舌なめずりして、藤ノ介がじりと間合を詰めてきた。動かず七緒はその場に立っていた。

藤ノ介がさらに歩を進めてきた。

あと五寸ほどで藤ノ介の間合に入る。藤ノ介のほうが手も刀も長く、七緒より長い距離からの攻めが可能だ。

勝つためには藤ノ介の懐に飛び込まなければならないが、七緒にはその勇気がわいてこない。叩き斬られる光景しか想像できないのである。

なんとかうまい手立てはないものか、と思いつつ七緒は後ろに下がった。きっとあるにちがいない。

藤ノ介が前に進み、距離を縮めてくる。

刀尖を藤ノ介に向け、七緒は背後にじりじりと下がり続けた。

余裕の顔つきで、藤ノ介が近づいてくる。

なおも下がろうとして、七緒の背中が立木に当たった。

「そこまでだな」

にやりと笑って、藤ノ介が刀を上段に構えた。狐に射すくめられた雛のように、七緒はその場に立ちすくんだ。

「おぬし、正義は勝つとほざいたな。こんなざまで、よくいえたものよ。恥ずかしくないのか」

恥ずかしいものか。必ず勝ってみせる。

七緒は決して揺るがぬ決意を固めている。治左衛門の言葉を思い出していた。

――よいか、七緒。真剣というのは怖いものじゃ。じかに対したときは誰しも臆《おく》する。白刃とはよういうたものじゃ。だが、臆しているだけではどうにもならぬ。よいか、七緒、ここが肝心じゃ。相手のみぞおちに小さな人形があると思えばよい。その人形をつかみ取る気持ちで飛び込めば、たいていの場合、勝てるのう。さらに大事なことは、その人形がどんなものか、実際のありさまやありようをできるだけ詳しく頭に描くことじゃの。人形の形や色、表情などがより鮮明になればなるほど、勝ちは近づくであろうよ。

ふっ、と相手にわからぬように息を入れて七緒は藤ノ介の胸に目を据えた。

あそこに一体の人形がある。あれをつかんでしまえば、私の勝ちだ。

不意に、人形がはっきりと七緒の目に映り込んだ。きれいなおべべを着て、ぱっちりとした目をしている。鼻は高くて、口元に微笑をたたえている。なんてかわいいのだろう。

——七緒、そのときに決して力を入れてはならんぞ。人形を抱くときは優しくしてやるじゃろう。

おじいちゃん、よくわかった。力を抜けばいいのね。

「女、なにをぶつぶついっている。怖さのあまり、頭がおかしくなったか」

いいざま藤ノ介が斬り込んできた。かすかに風を切る音がしたが、そのときにはすでに刀身が眼前に迫っていた。

全身の勇を鼓して七緒はさっと身をかがめ、斬撃をよけた。またもひと伸びした藤ノ介の刀は、がつっ、と七緒の背後の立木に食い込んだ。

むうっ。

うなり声を上げて、藤ノ介が刀を引き戻そうとする。だが、すぐには幹から抜けない。

「きさま、わざと立木に——」

その機を逃さず、七緒は藤ノ介に挑みかかった。

刀から手を放し、藤ノ介がさっと後ろへしりぞいた。懐に飛び込もうとする七緒に向け、抜き放った脇差を右手で突き出そうとした。

だが、力を抜いた七緒の袈裟懸けのほうがはるかに速い。あと少しで七緒は人形をつかみ取ることができる。

脇差が七緒の体に届く前に、おのれが真っ二つにされている。そのことに気づいて藤ノ介が体をひねり、無理に横倒しにした。

そのために七緒の刀は虚空に流れたが、なにかに引っかかるような手応えを残していた。

くっ。体勢を素早く立て直した藤ノ介が奥歯を嚙み締めた。

七緒が刀尖を向けると、藤ノ介の左手の袖が切れ、そこから血が流れ出していた。

藤ノ介は顔をしかめ、七緒をねめつけている。悔しさからか、唇が小刻みに震えていた。右手はしっかりと脇差を握っている。

「引き上げようっ」

藤ノ介が傷を負ったことを知った智山が声を張り上げ、こちらに来るように腕を激しく振った。

目をぎらつかせ、肩を怒張させて、なおも七緒を斬ることをあきらめずに踏みとどまりかけたが、七緒が斬り込もうとする姿勢を見せた途端、くっと唇を嚙んで藤ノ介はきびすを返した。

「待てっ」

間髪を容れずに七緒は追いかけた。

血を流したせいか、藤ノ介はどこかふらふらしている。距離がすぐに二間ほどに縮まり、あと少しだ、と七緒が思ったとき、藤ノ介がいきなり脇差を投げつけてきた。

立木の陰に身を入れて、七緒はぎりぎりでかわした。七緒の体をかすめるように飛びすぎた脇差は、杉の木に音を立てて突き立った。

すぐさま七緒は藤ノ介たちを追いかけたが、そのときには逃げる二人は鳥居を抜けていた。距離は半町近くに開いている。

それでも、あきらめることなく七緒は足を動かした。鳥居をくぐり、道に出る。

二人は北に向かって走っている。

刀を肩に置き、七緒も走った。足に自信はある。幼い頃から、駆けっこでは男の子に負けたことがないのだ。

だが、二人の姿は徐々に遠くなってゆく。藤ノ介はふらつき気味だというのに、それでも足は七緒より速いのだ。

やがて二人の姿は黒い点となり、ゆったりと曲がる道の先に紛れて見えなくなった。

――見失ってしまった。

ふう、と七緒は大きく息を吐き出し、足を止めた。息はさして荒くない。まだ走り続けられるのに、追いつくことができない。ぎゅっと歯を嚙み締めた。男ならこんなとき、くそう、という言葉が出るのだろうが、七緒には武家の女としてのたしなみがある。

それにしても、いつからこんなに足が遅くなってしまったのだろう。悲しくなってきた。大人になるというのは、こういうことなのだろうか。

すぐ近くを歩いている百姓夫婦が抜き身を肩に置いた七緒を見て、恐怖の色を隠せずにいる。

すぐさま笑顔をつくって、七緒は刀を鞘にしまい込んだ。夫婦の顔色は少し和らいだが、それでもまだ怖そうにしている。

――ああ、これか。

気づいて頭巾をはぎ取り、七緒は手に取った。お気に入りだったのが、すぱりとやられてしまっている。

だが、今は頭巾のことは頭からのけた。二人を逃がしたことが悔しくてならないのだ。

あと少しだったのに。

あのとき、と七緒は袈裟懸けに刀を振り下ろした瞬間を思い出した。私は本気で藤ノ介を斬るつもりでいたのだろうか。

もし藤ノ介がよけなければ、まちがいなく斬っていただろう。

だが、どこか心の奥底で逡巡《しゅんじゅん》があったのではないか。あったからこそ、かわされたということはないのだろうか。そのために、斬撃に鋭さを欠いたのではないか。

人を斬るというのは容易なことではない。相当の覚悟がなければできることではない。

七緒は西の空を眺めた。太陽は四半刻もかからないうちに、地平に没するだろう。だいぶ暗くなりつつある。

今はとにかく家に帰らなければならない。なにもいわずに満隆の家を飛び出してそれきりだから、治左衛門は心配しているだろう。

相変わらず今どこにいるのか、七緒はわからない。目の前の道を北に向かって歩いていけばいいのではないか。

わからなければ、人にきけばよい。

道は必ずどこかにつながっている。今日中にはきっと家に帰り着けるはずだ。

大きく息をついてから、七緒は足を踏み出した。

三

自身番に入った。

すでに夕暮れが近く、中にはほんのりとした明かりがともされている。

「これは和倉の旦那、こんな遅くまでお疲れさまでございます」

詰めている書役が正座し直し、目を細めて挨拶する。ほかに二人の家主がおり、丁寧に辞儀してきた。

「おぬしらも遅くまでご苦労だな。ところで、占い師の鶴唱の家はこの町内か」

「さようです。鶴唱さんがなにか」

「話を聞きたい」

自身番の三人は一様に眉を曇らせたが、歳若いほうの家主が立ち上がった。

「手前がご案内いたしましょう」

その言葉に甘えて、信兵衛たちは自身番の外に出た。家主が闇の濃さに戸惑ったような顔になる。

「もうこんなに暗くなっていたのか」

「秋の日は暮れるのが早いな」

　ではまいりましょう、と提灯を手にした家主が信兵衛たちの先導をはじめた。

　道を右に曲がって路地に入り、しばらくして家主が足を止めた。一軒の家に向かって提灯を掲げる。

「こちらですけど、明かりがついていませんね。出かけているのかな」

「そのようだ。家は開いているのか」

　信兵衛は戸を横に引いてみた。すんなりと障子戸が滑った。中はやはり無人で、暗闇が重く居座っている。狭い家だが、部屋は四つばかりはありそうだ。

「旦那、どうしますかい。中で待たせてもらいますかい」

　善造がきいたそのとき、路地の奥のほうで、人影が動いたのを信兵衛は見た。

「その必要はなさそうだ。ちょっと待っていてくれ」

　善造と家主にいい置いて、信兵衛は音もなく路地を走った。こちらをうかがっている様子の人影が驚き、あわてて逃げ出そうとする。

　その襟首をひっつかみ、信兵衛は男を引き戻した。足がもつれ、男が路地に倒れそうになる。信兵衛は腕を伸ばして支えた。

「お、お願いだ。殺さんでくれ」

男がだらしなく悲鳴を上げる。

「誰が殺すというのだ。俺は役人だぞ」

「ええっ」

男がこちらを向こうとしたが、襟首をつかまれているせいで、自由が利かない。

「逃げるな」

釘を刺しておいてから、信兵衛は手を放した。

「あー、びっくりした。物取りかと思った。首が痛いですよ」

ほっとした様子の男が信兵衛に向き直る。

「鶴唱だな」

信兵衛は男の顔をじっと見た。なるほど、人相書の男に二十年のときを加えれば、こういう顔つきになるだろう。まちがいない、鶴唱が正覚だ。考えてみれば、この二つの名は似たようなものだ。偽名をつけるとき、人はあまりかけ離れたものは名乗らないものである。

「ええ、手前はまちがいなく占い師の鶴唱ですけど、お役人がいったいなんの御用ですか。出世を占ってほしいんですか」

「同心に出世は望めぬ」

「でもご同心の中でも、筆頭同心が一番えらいと聞いていますよ」

「俺は出世に興味はない」

「なにに興味がおありですか」

「事件の解決だ」

そのとき善造と家主も寄ってきた。家主が提灯をかざし、鶴唱の顔がよく見えるようにした。

「ああ、鶴唱さん。お帰りなさい」

「ただいま戻りました」

信兵衛は鶴唱を見つめた。

「そのほう、ずいぶん汗をかいているな。風はけっこう冷たいというのに」

「ちょっと遠くに出かけておりましたんで、きっとそのせいですよ」

「そのほうに話を聞きたい。家に上がらせてもらってよいか」

「どんな話ですか」

「巻物の話だ」

「巻物ですか」

「とぼけるのが下手だな。鶴唱、とにかく家に入ろうではないか」

「はあ、承知いたしました」

鶴唱とともに信兵衛は家に上がり込んだ。善造もうしろに続く。家主は自身番に引き上げていった。

部屋に上がった鶴唱が行灯に火を入れる。そうすると、ずいぶんと明るく感じた。

「巻物のお話ということでしたね」

正座して、鶴唱のほうから水を向けてきた。

「そうだ。いわずとも、俺たちがなにを聞きたいか、わかっているだろう」

「とぼけても無駄ということですね」

「その通りだ。無駄なことはせぬほうが、互いのためだ。巻物のために死人が出ていることは、そのほうも知っているだろう」

「はい、存じています」

正座している鶴唱の背が丸まっている。もともと年寄りだが、そのせいで、さらに老けて見えた。

「三巻の巻物は大蔵家に長年、伝わってきたものだな。なにが記されている」

「三巻ということも、ご存じでしたか」

仕方ないなというように、鶴唱がすらすらと答える。

「ほう、金山や銀山を見つけ出せる呪文か。大久保石見守の財宝のありかではないのだな」

「もし財宝なら、手前がとっくに掘り出していますよ」

「道理だ。三巻の巻物はいま一色藤ノ介と智山が持っているのか」

「あの侍は、一色というのか」

鶴唱が独り言をつぶやくようにいった。

「一色藤ノ介を知っているのだな」

目を光らせ、信兵衛は鋭くただした。

「は、はい」

表情を厳しいものにし、信兵衛は鶴唱を見つめた。

「会ったのだな」

しばし信兵衛は考えにふけった。

「遠くに出かけていたというのは、つまりそれか。一色藤ノ介たちに巻物を売りつけに行ったのだな。ちがうか」

「よくおわかりで」

「だが、売れてはおらぬな。代わりに一色藤ノ介に殺されかけたというのが、ことの真相だろう。さっき俺のことを一色藤ノ介だと思ったから、殺さんでくれと叫んだのだな」

「ええ、さようで。てっきりこの家に先回りされたと思いましたよ。でも、考えてみれば、巻物を取られてしまいましたから、手前の命をわざわざ狙いに来るということは、もうないんですよね」

「用心はしておいたほうがよかろう」

「そうですね」

「一色藤ノ介は遣い手だ。そのほう、よく命があったものだ」

「それが、橙色の頭巾をかぶった人に助けてもらったんですよ」

「橙色の頭巾だと」

まちがいなく七緒だろう。信兵衛の顔色はさっと変わった。

「早くお逃げなさい、ってその人にいわれたんですけど、あの声は女のものでしたね。一色藤ノ介の刀を受け止めるなど、すごい遣い手のように見えましたけど、あれは女の人だったんですね。とにかく、あの橙頭巾のおかげで手前は助かったのです」

「橙頭巾はどうした。一色藤ノ介と真剣でやり合ったのだろう」

語気が荒くなったのが、信兵衛は自分でもわかった。

「手前はいわれた通りに、一目散に逃げましたから、そのあとどうなったのか、わかりません」

しらっというから、信兵衛は鶴唱を殴りつけたくなった。だが、すぐさまその気持ちを抑え込んだ。

七緒は、女としては遣い手だが、果たして無事だろうか。

七緒に真剣での戦いの経験があるとは思えない。場数は一色藤ノ介のほうが踏んでいよう。真剣での戦いは、やはり経験が物をいうのではないか。

しかし、と信兵衛はすぐに思い直した。あの娘が一色藤ノ介に倒されるようなことはまずあるまい。生命の力が全身にあふれ、まぶしいくらいきらきらしている。悪事をはたらいているような連中に負けるはずがない。この世は正義を行う者が勝つようにできているはずだ。

だからといって、七緒に一色藤ノ介が倒せたとは思えない。もしかすると、窮地に追い込むくらいはしたかもしれない。

となれば、七緒は無事だろうか。もちろん、確かめるまでは安心できない。

鶴唱、と信兵衛は呼びかけた。

「そのほう、智山や一色藤ノ介とどうやって会った。居場所を知っているのか」

「えっ、ええ」

「どこにある」

「えっ、八丁堀の旦那、まさか、今から行かれるんじゃないでしょうね」

目を大きく見開いて、鶴唱がきく。

「そのまさかだ。よいか、そのほうが案内するのだ」

「えっ、手前がですか」

「橙頭巾に助けてもらったのだろう、そのくらいしても罰は当たらぬ」

「しかし、一色藤ノ介に見つかったら、手前は殺されるかもしれません」

「殺される前に、俺たちが引っ捕らえる。安心しろ」

骨がごつごつとした腕をぐいと引っ張り、信兵衛は鶴唱を立ち上がらせた。


四半刻後、信兵衛たちは小さな一軒家の近くにいた。

息を殺し、信兵衛は闇に浮かび上がる屋根を見つめた。家に明かりはついておらず、人声もなく、ひっそりしている。

「まだ戻っていないんですかね」

善造がささやきかけてくる。

「あるいは、ねぐらを替えたか」

えっ、と善造が声を漏らす。

「まだほかにも、隠れ家があるってことですかい」

「江崎屋の別邸の例もある。やつらに、まだその手の家の心当たりがあるにしても、不思議はあるまい」

「さいですね。——江崎屋さんの別邸は、達吉さんたちの活躍で見つかったんでしたねえ。達吉さんたち、傷はよくなったかな」

「だいぶよくなった」

「旦那、どうして知っているんですかい」

「今朝、見舞ってきたからだ」

「えっ、そうなんですかい。あっしも連れていってくれたらよかったのに」

「おまえはまだ高いびきだった。起こすのはちとかわいそうで、俺一人で出かけた」

「そんなに朝早く出かけたんですかい」

「達吉たちはもう起きていた。毎日、療養で寝てばかりいるから、そうそう眠れぬらしい。おまえが起き出す前に、俺は屋敷に帰ってきていた。おまえはおまえで達吉たちを見舞えばよい。——善造、踏み込むぞ」

「応援は待たないんですかい」

「待たぬ。だが、無理をする気は毛頭ない。まずいと思ったら、すぐ引く。——鶴唱」

「なんですか」

「そのほうは、もう戻ってよい。気をつけて帰れ」

「旦那、一色藤ノ介はこのあたりにいないでしょうね」

「出会うことはまずあるまい」

わかりました、といって一礼した鶴唱が懐から小田原提灯を取り出し、火を入れようとする。

待て、と信兵衛はすぐさま止めた。

「もう少し先でつけろ」

「あっ、はい、わかりました」

軽く顎を引いて鶴唱が闇の中を歩き出す。姿は夜に紛れてかき消えたが、十間ほど離れたところで火打石と火打金が打ち鳴らされ、ぽっと明かりがともった。その明かりがゆっくりと遠ざかってゆく。

それを見送って信兵衛は、長脇差の下げ緒で襷《たすき》がけをし、着流しの裾もたくし上げた。

善造は両袖をまくり上げ、すでに十手を構えている。信兵衛は、長脇差を得物として使うつもりでいる。

いない。

「よし、行くぞ」

「旦那、戸口から入りますかい」

「そのつもりだ」

答えて信兵衛は家の正面に立った。障子戸に、按摩《あんま》、と墨書されている。名は記されていない。

息を入れ、信兵衛は静かに吐き出した。気持ちはそれで落ち着いた。

善造にうなずきかけてから、信兵衛は戸を足蹴にした。がたん、と大きな音が立ち、戸が吹っ飛んだ。按摩、という文字が闇に消えてゆく。

同時に信兵衛は土間に躍り込んだ。家に人けは感じられない。暗さだけが澱《おり》のようにたまっている。

部屋は三つあったが、いずれも人はいなかった。行灯をつけ、信兵衛は家の中を見回した。荷物らしいものはない。家財道具も布団と文机、行灯、食器くらいのものだ。江戸は火事が多いから、家財道具はあまり持たない者がほとんどである。

「ここで按摩をしていたのは、智山でしょうかね」

「そうだろう。一色藤ノ介に按摩ができるとは思えぬ」

善造に行灯を持たせて三つの部屋を回ったが、居所につながりそうな手がかりは一つもなかった。

「この家は智山の持ち物か。いや、借り家だな。借り家なら家主がいよう」

家をあとにした信兵衛と善造は、この町の自身番に入った。すでに真っ暗で、自身番に詰めているのは書役一人だった。行灯の明かりを頼りに、文机に向かってなにか書き物をしている。

「そこの按摩屋だが、智山という男が営んでいるのか」

「はい、さようでございます」

正覚の高弟のときの名をそのまま使っていたのだ。鶴唱と名を改めた正覚が、居場所を知るのに、さほど手間はかからなかったのではあるまいか。

「借り家だな。家主は誰だ」

「四郎左衛門《しろざえもん》さんです」

「四郎左衛門の家はそこだったな」

顔を外に向け、信兵衛は指さした。

「はい、ここから三軒先の家です」

「いま在宅しているか」

「はい、いらっしゃると思いますよ」

善造を連れて、信兵衛は四郎左衛門の家を訪ねた。突然、信兵衛と善造が訪ねてきて四郎左衛門は驚きを隠せずにいたが、信兵衛の質問にははきはきと答えた。

四郎左衛門から最初に得た事実は、智山が赤坂新町五丁目からこの家へ越してきたということである。

つまり、正覚が道場を売り払った直後、智山は先ほどの家に住み着いたというわけだろう。人別送りもちゃんとなされていた。二十年前この町で暮らしはじめて以来、智山は一度も引っ越していないのだ。

「智山はどうして按摩の技を会得しているのだ。知っているか」

「なんでも、小さな頃から按摩の修行をしていたといっていましたよ。目明きの按摩も大して珍しくはありませんしね」

最初は按摩で身を立てるつもりでいたが、途中、祈禱師の仲間入りをしたということか。

智山に知人や友人はほとんどおらず、訪ねてくる者は客以外、滅多になかった。智山はときおり賭場に行って、小金をすったり、稼いだりするのを唯一の楽しみにしていたそうだ。女房はおらず、親や兄弟、姉妹、親戚のことを口にしたことはない。天涯孤独の身だったらしい。

「旦那、行方が知れるような手がかりはありやせんでしたね」

四郎左衛門の家を出て、善造がいった。

「こういうこともある。別に落ち込むようなことではない。俺たちは常に前を向いていなければならぬ」

「それで旦那、今はどこに向かっているんですかい。――あっ、旦那、いわないでくださいよ。考えますからね」

しばし善造が思案にふける。

「わかりやした。秋重道場ですね」

「そうだ」

「七緒さんのことが心配ですものね。なにしろ一色藤ノ介とやり合ったんでしょうから」

「無事でいてくれればよいが」

「大丈夫でしょう」

自信満々に善造が請け合う。

「あの娘っ子は、たやすくくたばるようなたまじゃありやせんぜ。なにか、いろいろなものに守られているって気がしやすものねえ。一色藤ノ介程度の野郎に、やられるなんてこと、ありゃしませんよ」

善造の言葉を聞いて、信兵衛はにこりと笑った。

「俺もそう思う」

そんな信兵衛を、善造が心を奪われたように見る。

「旦那はやっぱりいい男ですねえ。顔の造作が実にいいや。あっしから見ても、ほれぼれするような男だ」

「馬鹿なことをいうな」

「旦那、あっしはほめてるんですぜ」

「わかっているが、男にほめられてもあまりうれしくはない」

「誰ならいいんですか。七緒さんですかい」

「七緒どのにいわれたら、うれしいかもしれぬな」

「旦那、惚れているんですかい」

「惚れてはおらぬ。よい娘だと思っているだけだ」

「さいですかい。でも、旦那もそろそろ次の人を考えてもいい頃でしょうねえ」

すぐに善造が口を手のひらで押さえた。

「おっと、口を滑らせちまった。旦那、今のは忘れておくんなさい」

信兵衛は善造に穏やかな顔を向けた。

「なにも聞いておらぬゆえ、善造、安心するがいい」

ぺこりと頭を下げ、善造がほっとしたように吐息を漏らした。

道場は暗い。

稽古熱心な門人たちも、もうとっくに帰ったということだろう。夜も深まり、刻限も六つ半をとうに過ぎて五つ近いはずだ。

対して、母屋のほうにはぼんやりと明かりが浮かんでいる。

「旦那、お邪魔しやすかい」

善造がうかがいを立てる。

「うむ、入るぞ」

開いている冠木門を入り、信兵衛は玄関先に立った。善造が前に出る。

「秋重さま、いらっしゃいますかい」

「はーい」

女の声で応えがあった。

「ああ、七緒さん、戻っていますね。旦那、よかったですね」

「まったくだ」

明かりが映った障子が静かに開き、式台に七緒が姿を見せた。燭台を手にしている。

「これは和倉さま、善造さん。よくいらしてくれました」

燭台を置き、七緒が深く頭を下げた。

「七緒どの、怪我は」

挨拶もそこそこに信兵衛はたずねた。えっ、と七緒が目を丸くし、見上げる。

「和倉さま、ご存じなのですか」

「七緒どのが一色藤ノ介という男と真剣で戦ったことは知っている」

「あの男は、一色というのですか」

「さよう。元旗本の冷や飯食いだ」

七緒がにこりと笑う。

「大丈夫です。どこにも怪我はありません。お気に入りの頭巾を、斬られてしまっただけです」

「頭巾を」

眉を曇らせ、信兵衛は七緒の顔をまじまじと見た。

「和倉さま、本当にどこも怪我はしていません。それにしても、どうして和倉さまはご存じなのですか」

「鶴唱に聞いたのだ」

「鶴唱さん、無事だったのですね」

「ぴんぴんしている。橙頭巾の主にとても感謝していた」

「そうですか。よかった」

破顔した七緒が不意にちらりと背後を振り返った。小さくつぶやく。

「まだ怒っているかな」

「誰が」

七緒が信兵衛を見る。

「実は、今まで祖父にお目玉を食らっていたのです。それが和倉さまと善造さんがいらしてくれたおかげで、逃げることができたのです」

ぺろりと舌を出し、七緒が笑いを漏らした。

「そうか、治左衛門どのに説教されていたのか。満隆の家でお目にかかったが、七緒どののことはとても心配されていた。七緒どの、できることなら無茶をせぬほうがよい」

「それは私もよくわかっているのですが……。ところで、一色藤ノ介と智山は捕まりそうですか」

「智山の家は突き止めたが、すでにもぬけの殻だった」

「では、今どこにいるのか、わからないということですね」

「うむ、その通りだ」

背筋を伸ばし、七緒が居住まいを正した。目がきらきらしている。あまりにまぶしくて直視できないほどだ。

「和倉さま、善造さん。ちょうどよかった。いま祖父にも話したばかりなのですが」

うむ、と信兵衛は顎を動かし、七緒の次の言葉を待った。忠実な犬のようにこうべを垂れ、善造も聞く姿勢を取っている。

やがて七緒が朗らかな声で語りはじめた。

聞き終えて、悪くない、と信兵衛は感じた。

善造も同じように考えているのは、表情から見て取れた。

四

ごろりと布団から起き上がり、智山がこちらを見た。

「藤ノ介さん、傷はどうだ」

寝床に横たわったまま、うむ、と藤ノ介はうなずいた。

「もう痛くはない」

「熱は」

「ない」

「それはよかった。でも藤ノ介さん、ちゃんと医者に診てもらわないでもいいのか。俺の手当じゃ、不安だろう」

「そんなことはない。血止めもうまかったし、焼酎での毒消しも見事な手並みだった。助かった」

「それならいいんだが。藤ノ介さん、そろそろ食い気が出てきたんじゃないか。三日もなにも食べていない」

「そうか、あの娘に斬られて、もう三日もたったのか」

「日がたつのは早いものだな。食い気があるなら、朝飯をつくるが」

「粥を頼めるか」

「つくったことはあるが、あまりうまくできたためしがない。それでもいいか」

「かまわぬ」

「ならば、つくってこよう」

だが台所に行ったきり、智山はなかなか戻ってこない。その間、藤ノ介はうつらうつらし、夢を見た。

夢の中で、藤ノ介は再びあの七緒という娘と戦っていた。存分に押しまくり、いざ斬り殺すという段になり、目の前が真っ暗になり、続きを見ることはできなかった。

せっかくのところで、途切れおって。

ふと人の気配がして、藤ノ介は目を開けた。

智山がいた。そばに盆が置いてあり、その上にほかほかと湯気を上げる大ぶりの茶碗があった。小鉢の具は梅干しだ。

「待たせたな。だいぶ手間取った」

「うまそうではないか」

「さあ、食べてくれ」

うむ、と藤ノ介は箸を取り、茶碗を手にした。そっと粥をすする。

「いい味だ」

「そうか、よかった」

智山も茶碗を持ったが、藤ノ介と同じく中身は粥である。

「悪くない。梅干しとよく合う」

「おぬしは怪我をしているわけではないのだから、白飯を食べればよかったのに」

「俺も粥を食べたかったんだ」

それからしばらく、二人は食べることに専念した。

「それにしても、あの女、強かったなあ」

食べ終えて、茶碗を膳に置いた智山がしみじみといった。やられた直後は不覚を取ったことが悔しくてならず、あの女の細首を刎《は》ねたらどんなにすっきりするだろうと思ったほどだが、あれから三日がたち、藤ノ介も冷静さを取り戻している。

「確かに強かった。あの踏み込みの深さと鋭さは、よほど場慣れしておらぬとできぬ業だ。あの若さで、よくぞあれだけの踏み込みができるものよ。誰もが真剣で対峙《たいじ》したときは、あまりの怖さに肝が縮み上がるというのに、あの女にはそんな感じが一切なかった。誰にどのような教えを受けたものか」

「伝授したのはあの道場の師範かな」

「秋重治左衛門といったな。下見をしたときにちらりと姿を見たが、なにやらただの耄碌じじいという感じでしかなかったが」

「確か、耄碌じじいにせがれはおらんな。だったら、七緒という女は誰の娘だ。父親はいったいどこにいるんだ」

「さあてな。なにか事情があるのだろう。父《てて》なし子など、この江戸では珍しくもなんともない」

「それで藤ノ介さん、これからどうする」

　智山の目は、畳の上の三巻の巻物に向けられている。

「売りつけるしかあるまい」

「師匠がいっていた得沢屋か」

「うむ、隠居の篤右衛門だ」

「師匠は三巻で五百両になるといっていた」

「それが本当なら、一生とはいわぬが、当分は楽ができよう」

「本当に買ってもらえるのだろうか」

「正覚の言葉に嘘はないように思えたが、得沢屋のことを調べてみるにしくはあるまい」

「まずはそれが先だな。篤右衛門という隠居が本宅にいるのか、別邸で暮らしているのかもわからん」

「別邸にいるとしても、女房が一緒なのか、それとも妾を囲っているのか、そういうことも調べ上げなければならぬ」

　気がかりそうに智山が藤ノ介を見る。

「藤ノ介さん、大丈夫か。調べるのはいいが、動けるか」

「動けるに決まっているではないか」

藤ノ介はぐいっと胸を張った。

「すっかりよくなったとはいわぬが、歩くくらいなんともない。おぬしのおかげよ」

「戦うことは」

「むろんできる。もしあの女に会ったら、今度はたっぷりお返ししてやる。俺が後れを取ることは決してない」

「また邪魔立てするかもしれんからな。藤ノ介さん、頼むぞ」

「わかっておる」

戸口のそばに刀架が置いてあり、二振りの刀がかけられている。どちらもなまくらだが、ないよりはましだ。七緒と戦った場所に今も愛刀は残されているはずだが、取りに行くのはあまりに面倒だ。大儀すぎる。

上の刀を取り、腰に帯びた。

戸締まりをし、藤ノ介はいま腰を落ち着けている家を改めて眺めた。みすぼらしい家だが、雨露をしのげるだけで、よしとしなければならない。

この家は、やくざ者の土岐蔵の賭場で大負けした富農の持ち物だ。その富農はここに妾を住まわせ、通っていたのだが、借金の形《かた》に土岐蔵に取られたのである。

土岐蔵はこの家を我が物にしたことは忘れていないだろうが、ぼろ家でもあり、原宿《はらじゅく》町《まち》の外れというかなり不便な場所に建っていることもあって、放置しているのだ。土岐蔵一家から人が来ることもなく、居着くのには恰好の家である。

藤ノ介は歩きはじめた。少しふらついた。

「大丈夫か」

あわてて智山が手を差し伸べる。

「ああ、もちろんだ。寝てばかりいたからな、すぐに慣れる」

さっそく得沢屋のことを調べると、隠居の篤右衛門は、店はせがれに任せ、今は別宅に住んでいるのが知れた。

「こいつはまたでっけえ家だ」

別邸を目の当たりにした智山が驚きの声を上げる。

「まるで武家屋敷じゃないか」

敷地は優に二千坪はあるだろう。ぐるりを巡る高い塀越しに見える母屋の屋根は、すべて瓦葺きで、名刹《めいさつ》のような重厚さをたたえている。

「母屋だけで三百坪はあるんじゃないかな」

「うむ、そのくらいありそうだ」

智山の言葉に藤ノ介は同意した。母屋に使われている材木も、いいものばかりのようだ。

火事を恐れていないのかと思うが、燃えてしまったとしても、また建てればよいと考えているのかもしれない。そうすれば大工やら左官やら諸々の者たちが儲かっていいじゃないか、と高笑いする顔が見えるようだ。

「となれば、金はたんまり持っているだろうな。使いきれんくらいあるにちがいない。うなっているってやつだ」

ふふ、と声に出して笑い、智山が舌なめずりする。

「藤ノ介さん、本当に五百両になるかもしれない。うまくいけばその倍だってあり得る」

「智山、まだその話は早い。正覚の話が本当か、調べなければならぬ」

この別邸で篤右衛門は若い妾と暮らしていた。あとは、年老いた下男にその連れ合いの下女が身の回りの世話をしている。

大久保長安の遺品やゆかりの品物を収集しているというのも、嘘ではなかった。篤右衛門は金に飽かせて、相当怪しげな品ですら買い入れているらしい。百の品物を買い集め、その中に本物が一つか二つ入っていればよい、という考え方のようだ。

大久保長安の本物の巻物ならば、と藤ノ介は思った。智山のいう通り、本当に千両の値がついてもおかしくない。なにしろ大久保長安の秘術が記されているのだ。多分、直筆だろう。篤右衛門にとって、まさに垂涎《すいぜん》の代物ではないか。

ただし、いきなりこの別邸を訪れることはできない。じっくりと調べて、町方の目がないか、見極めなければならない。藤ノ介たちが売りに来るのではないか、と町方が考えていないと思うのは愚か者がすることだ。

篤右衛門の別邸のまわりをさりげなく調べてみたが、しかし町方と思える者が入っている気配はまったくなかった。今のところ、目はつけられていないと判断してもいいのかもしれない。

「さて、どうするか」

原宿町の隠れ家に戻り、藤ノ介は智山と話し合った。

「やはり、人知れず篤右衛門に会いに行くのが一番だろう」

顎をなでさすって、藤ノ介はいった。

「その手立ては」

目を光らせて智山がきいてくる。

「深夜に忍び込む」

「いきなり忍び込んだら、押し込みとまちがわれかねんぞ」

「それでもよい。押し込みと思われても、理由を説明すれば、大丈夫だろう」

「取引を持ちかけることを、事前に知らせる手はないかな」

「それなら、矢文という手がある」

「矢を打ち込むのか」

「夕刻、篤右衛門の部屋に向けてな。大久保長安の秘術が記された三巻の巻物を買ってもらいたい旨を文に書き、もし他言したらこの取引はなかったものにする、と付け加えておけば、町奉行所に通報することもないと思うのだが」

「篤右衛門の部屋がわかるのか」

「最も日当たりのよい座敷だろう。木にでも登って屋敷内をのぞき込めば、必ずわかる」

「そうか。うむ、よい手だ」

顎を引いて智山がつぶやく。

「でも藤ノ介さん、弓矢など当てはあるのか」

「武具屋で買えばいい。そのくらいの金は俺にもある」

その前に文の中身を考えた。それを藤ノ介が口に出していい、智山が書き留めてゆく。

智山は達筆だ。

文を書き終えると藤ノ介は一人出かけ、武具屋に入って弓矢を買い求めた。弓は弦《つる》がややかためのものを選び、矢は念のために三本買った。

家に戻り、藤ノ介は布団に横になった。病み上がりも同然の身で、さすがに疲れを隠せない。

「大丈夫か、藤ノ介さん」

枕元に座って智山が案ずる。

「ああ、平気だ」

「あまり顔色がよくないな。今夜はやめたほうがいいんじゃないのか」

「いや、早いほうがいい。今なら町方が目をつけておらぬ」

「でも無理はよくない」

「無理などしておらぬ。少し休めば、大丈夫だ。智山、夕刻まで眠らせてくれ」

わかった、といって智山が壁際に下がった。

七つになって、藤ノ介は起き上がった。

「どうだい、具合は」

智山がにじり寄ってきた。

「すっかりいい。疲れは取れた」

「嘘じゃないな」

「どうして俺が嘘をつかねばならぬ」

「そうか。よかった。やっぱり眠るのはよく効くな」

「一番の良薬だろう。――よし、智山、出かけるとするか」

弓矢を風呂敷に包み、二人は外に出た。

篤右衛門の別邸には半刻のちに着いた。

ちょうど暮れ六つである。太陽は西の空からすでに姿を消し、残照だけがわずかに明るみを残している。

篤右衛門の別邸のまわりには百姓家がちらほらあるだけで、すでに人けはまったくない。別邸から少し離れたところに立つ松の木に登り、藤ノ介はそこから望見した。

――あそこだな。

濡縁がつき、いかにも広々とした座敷が半町ばかり先に眺められる。腰高障子は閉め切られているが、それに明かりが淡く映じている。

下から心配そうに智山が見上げている。大丈夫だ、という意味で藤ノ介は大きくうなずいてみせた。

枝を利用して風呂敷を広げ、弓矢を取り出した。体がふらつかないよう足を太い枝にかけ、文のついた矢をつがえて狙いを定めた。固唾をのんで見守っている智山の目が痛いほどに感じられる。

息を吸い、吐いた。それから息を止め、藤ノ介はひょうと矢を放った。

弧を描いて宙を飛んだ矢は、狙い通り、座敷横にある戸袋に突き刺さった。大きな音が立ち、腰高障子を開けてあわてたように年寄りが出てきた。あれは、下男だろうか。篤右衛門は夕餉の最中だったのかもしれない。

矢文に気づき、それを戸袋から抜いて下男らしい男が座敷に戻ろうとする。敷居を越えて、障子戸を閉めるときに、あたりをきょろきょろと見回したが、むろんこちらの姿が見えるようなことはない。

「これでよし」

声に出していい、藤ノ介は木を降りた。

「あとは、深更を待てばよい」

さすがにどきどきする。

すでに藤ノ介と智山は別邸の塀の下にうずくまっている。月はなく、暗い夜だ。風が強く、塀越しに、庭の木々が枝を打ち合わせてかつかつと鳴っているのが聞こえてくる。

「よし、行くか」

藤ノ介は智山にささやきかけた。あたりに町方の気配は一切ない。それは確かだ。引っ捕らえようと、自分たちを待ち構えている者はいない。

「行こう。これ以上、待つのは勘弁だ」

刀を立てかけ、鍔《つば》を足場に藤ノ介は塀に登った。幸い、忍び返しは設けられていない。智山から刀とやや重みのある風呂敷包みを受け取り、藤ノ介は手を伸ばした。智山ががっちりと握り返してくるのを、力を込めて引っ張り上げた。

二人して塀を乗り越える。

広い庭を歩きはじめると、右手に蔵が建っているのが見えた。外からは木々に隠れて見えないように工夫されているようだ。あの中には、金がうなるほどあるのか。それとも、大久保長安ゆかりの品々があふれんばかりにおさめられているのか。

おそらく後者だろう、と藤ノ介は思った。

暗さのわだかまっている庭を突っ切り、母屋に近づく。濡縁が闇の中に見えている。

小石を一つ拾った藤ノ介は、腰高障子に向かって放った。

小石は軽い音を立てて濡縁に転がった。中でかちかちと音がし、明かりがともった。腰高障子が開く。敷居際に人影が立っている。闇のせいで、はっきりと顔は見えない。

「矢文のお人か」

しわがれ声が届いた。

「そうだ。おぬしは篤右衛門か」

「ほかに誰がいよう。大久保石見守さまの秘術が記された巻物というのは、まことかな」

「その前に、篤右衛門、おぬし一人だろうな」

「見ての通りだ。確かめてもらってもよい」

「金は」

「むろん用意してある」

「いくら用意した」

「あなたがたは、いくらほしいのかな」

「千両だ」

「なんだ、そうか。千両でよかったのか」

篤右衛門と思える男がちらりと振り返り、座敷を見やった。

おっ、と藤ノ介は瞠目した。そこには三つの千両箱が積んである。口を呆けたように開けて、智山も声がない。

「三千両、用意していたのか」

うめくように藤ノ介はいった。

「一巻千両のつもりでいたからの。まあ、安く手に入ればいうことはない。千両箱一つと交換じゃの」

「いや、三ついただこう。値上げだ」

「そんな」

「いやなら、命をいただくまでだ」

「命を」

「そうだ。金よりも命のほうが大事だろう」

「それはそうだが」

ふふ、と篤右衛門と思える男が薄い笑いを漏らした。

「おまえさん方に、果たしてわしの命が取れるかな」

「なんだと」

篤右衛門と思える男が濡縁に足を踏み出してきた。腰の据わりが尋常ではない。

藤ノ介は目をみはった。

「きさま、篤右衛門ではないな」

「ようわかったの。わしは治左衛門という者じゃよ」

「なにっ」

「秋重道場の師範……」

あえぐように智山がいった。

「だましたな」

藤ノ介がいうと、おもしろそうに治左衛門が笑った。

「だましたなどということはない。そちらが勝手に引っかかったのじゃよ」

「おのれっ」

怒号し、藤ノ介は刀を抜いた。

「殺してくれる」

「そなたには無理じゃよ」

いい聞かせるように治左衛門が優しく笑いかける。だがその笑顔とは裏腹に、大きな波が押し寄せ、体を包みこんだのを藤ノ介は感じた。すさまじいまでの気迫で、まるで蜘蛛の巣にからめ取られた虫のように身動きが自由にならない。

「娘とじじいで邪魔をしおって。許さぬ。あの世に送ってくれる」

叫んだ途端、体の縛りが解けた。藤ノ介は我を忘れて斬りかかった。

「本性をあらわにしおったな」

にやりと笑った治左衛門はいつの間にか刀を手にしていた。それが渦を巻いて旋回する。

強烈な打撃を腹に受け、藤ノ介は地面に昏倒した。

息が詰まったものの、血は出ていない。腹を打った得物は、木刀であるのを知った。真剣だったら、とうに命はなかった。

「おまえたちなど、命を取るに値せぬ」

うわあっ。悲鳴を上げて逃げようとした智山が、投げつけられた木刀をまともに背中に受け、ぎゃあ、と声を発して転がった。

そこに御用、御用といくつもの提灯を掲げて捕り手が殺到した。いつしか、町奉行所の者たちがこの別邸を取り囲んでいたのだ。そのことを薄れゆく意識の中で藤ノ介は覚った。

五

一色藤ノ介と智山は獄門になった。

当然の結果だろう。

そのことを信兵衛から聞いた翌日の夕刻、一人で七緒は散策に出た。

足が自然に向かったのは、兄の蔵之進が殺された場所である。

線香を手向けるつもりでいる。

今回の一件で自分が無事だったのは、兄が守ってくれたおかげだろう。

夕闇が迫る中、そこには人がいた。

後ろ姿しか見えないが、二本差であることから武家だとわかった。蔵之進が殺されたまさにその場に侍が立ち、こうべを垂れているのだ。

——誰だろう。

心中で首をかしげつつ、七緒は足早に近づいていった。

侍は頭巾をかぶっていた。七緒の気配に気づいたか、一瞥をくれた。頭巾の中の目は、鋭い。歳がいくつくらいなのか、さっぱりわからない。かなりの歳のようにも思えるが、若いようにも感じる。

——どなたですか。

声をかけようとしたが、喉がひからびたようになっており、七緒は小さくうめきを上げただけだ。

七緒から目を外し、侍が歩き出した。

「お待ちください」

七緒の口からようやく声が出たが、侍の足は止まらない。そのまま濃くなりつつある闇にすっと入り込んだ。それだけで、姿が一瞬にして消えた。

まるで幻を見ていたような気分に七緒は陥った。だが、今のが幻であるはずがない。

蔵之進が殺された場所に、七緒は駆け寄った。まちがいなく今の侍はここに立っていた。

まるで念仏を唱えるような仕草をしていた。

蔵之進の死に関して、なにか知っているのだろうか。それとも、今の侍こそが兄を殺した本人なのか。

話を聞かなければならない。地を蹴り、七緒は走った。今の侍をつかまえなければならなかった。

だが、侍の姿はどこにもない。いつの間に出てきたのか、夜霧に吸い込まれたように消えていた。

七緒は唇を噛んだ。とんでもないしくじりを犯したような気持ちになっている。

だが、と七緒は切り替えて思った。今まで一人としてこういう者に出会うことはなかった。それが今日この瞬間、七緒の前に初めて姿を見せたのだ。やはり蔵之進は下手人を捕らえてもらいたがっているのではないか。

もし今のが蔵之進を殺した者ならば、紛れもなく過ちを犯したのだ。過ちを犯す者ならば、必ずまたへまをするのではないか。

必ず下手人を捕まえる。捕まえられる。

七緒は確信した。

本書は書き下ろしです。

中公文庫

陽炎《かげろう》時雨《しぐれ》 幻《まぼろし》の剣《けん》

歯《は》のない男《おとこ》

2013年6月25日　初版発行

著　者　鈴《すず》木《き》英《えい》治《じ》

発行者　小林敬和

発行所　中央公論新社
〒104-8320　東京都中央区京橋2-8-7
電話　販売　03-3563-1431　編集　03-3563-3692
URL http://www.chuko.co.jp/

ＤＴＰ　平面惑星
印　刷　三晃印刷
製　本　小泉製本

Published by CHUOKORON-SHINSHA, INC.
Printed in Japan　ISBN978-4-12-205790-6 C1193

中公文庫既刊より

各書目の下段の数字はISBNコードです。978－4－12が省略してあります。

す-25-1
手習重兵衛 闇討ち斬 鈴木英治
手習師匠に命を救われた重兵衛。ある日、師匠が何者かによって殺害されてしまう。仇を討つべく立ち上がった彼だったが……。江戸剣豪ミステリー。
204284-1

す-25-2
手習重兵衛 梵鐘 鈴木英治
手習子のお美代が行方不明に。もしやかどわかされたのでは⁉ 必死に捜索する重兵衛だったが……。書き下ろし剣豪ミステリー。シリーズ第二弾！
204311-4

す-25-3
手習重兵衛 暁《ぎょう》闇《あん》 鈴木英治
兄の仇を討つべく江戸に現れた若き天才剣士・松山輔之進。狙うは、興津重兵衛ただ一人。迫り来る危機に重兵衛の運命はいかに⁉ シリーズ第三弾！
204336-7

す-25-4
手習重兵衛 刃《やいば》舞《まい》 鈴木英治
手習師匠の興津重兵衛は、弟を殺害した遠藤恒之助を討つため厳しい鍛錬を始めた。ようやく秘剣を得た重兵衛の前に遠藤が現れる。闘いの刻は遂に満ちた。
204418-0

す-25-5
手習重兵衛 道中霧 鈴木英治
自らの過去を清算すべく、郷里・諏訪へと発った興津重兵衛。その行く手には、弟の仇でもある遠藤恒之助と謎の忍び集団の罠が待ち構えていた。書き下ろし。
204497-5

す-25-6
手習重兵衛 天狗変 鈴木英治
家督放棄を決意して諏訪に戻った重兵衛だが、身辺には不穏な影がつきまとう。その背後には諏訪家取り潰しを画策する陰謀が渦巻いていた。〈解説〉森村誠一
204512-5

す-25-7
角右衛門の恋 鈴木英治
仇を追いつづけること七年。小間物屋の娘・お梅との出会いが角右衛門の無為の日々を打ち破った。江戸に横行する辻斬りが二人の恋の行方を弄ぶ。書き下ろし。
204580-4